印象·中大红楼剪影

李庆双　刘姝贤◎主编

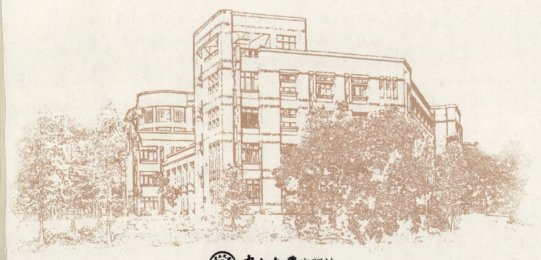

中山大学出版社
·广州·

版权所有 翻印必究

图书在版编目（CIP）数据

印象·中大红楼剪影 / 李庆双，刘姝贤主编 . —广州：中山大学出版社，2021.8

ISBN 978-7-306-07255-9

Ⅰ. ①印… Ⅱ. ①李…②刘… Ⅲ. ①散文集－中国－当代②诗集－中国－当代③摄影集－中国－现代 Ⅳ. ① I217.1

中国版本图书馆 CIP 数据核字（2021）第 142923 号

出 版 人：	王天琪
策划编辑：	赵　婷
责任编辑：	赵　婷
责任校对：	罗梓鸿
封面设计：	林绵华
装帧设计：	林绵华
责任技编：	何雅涛
出版发行：	中山大学出版社
电　　话：	编辑部 020-84110779，84111996，84113349，84111997
	发行部 020-84111998，84111981，84111160
地　　址：	广州市新港西路135号
邮　　编：	510275　　　传　真：020-84036565
网　　址：	http://www.zsup.com.cn　E-mail:zdcbs@mail.sysu.edu.cn
印 刷 者：	佛山市浩文彩色印刷有限公司
规　　格：	787mm×1092mm　1/16　15.5印张　240千字
版次印次：	2021年8月第1版　2021年8月第1次印刷
定　　价：	45.00元

如发现本书因印装质量影响阅读，请与出版社发行部联系调换

岭南人杂志社编委会

指导老师：李庆双

成　　员（按姓氏拼音首字母排序）

陈佳兴	戴　惠	旦增仁珍	龚之琳	黄可怡
蓝恺鑫	刘姝贤	刘雨欣	卢钿希	罗　砺
毛潇予	牛佳辰	王　朔	吴松阳	吴文溢
徐　磊	闫　彤	杨彩婷	张　晨	张家瑜
张　涛	郑　晴			

◎ 怀士堂　刘洪伟　绘

让校园文化在立德树人教育中发挥作用

张荣芳

李庆双博士邀我为他和刘姝贤主编的《印象·中大红楼剪影》写序,我愉快地答应了。我有一个理念,就是应该让校园文化在立德树人教育中发挥应有的作用。近几年来,教育界、学术界开展"大学精神"的讨论,我比较关注这个问题。通过讨论,我们逐渐明确了大学的文化品位和崇高理想。大学应具有以育人为本、科研为根、文化为魂三位一体的大学理念,这已是人们的共识。我在中山大学工作、生活了将近50年,中山大学的校园文化,包括原岭南大学古老的、具有历史和文物价值的建筑群,以及林木葱葱和绿草如茵的优美的校园环境,无数学者勤奋治学的精神和育人经验,都深深地吸引着我,我热爱中山大学的校园文化。退休之后,我经常在校园里散步,对校园文化有所感悟,曾经写过《景仰名人故居,热爱康乐芳草》《紫荆礼赞》等散文;对在康乐红楼居住过的名人也曾关注过,写过《许崇清校长的孙中山情怀》《瞻仰陈心陶故居》等学术散文;也曾对不同层次的学生作过"图说中山大学的峥嵘岁月:漫谈中大校史""中山大学掌门人留下的治理学校的精神财富"等演讲。在这里还要提到内子黄曼宜(中学数学高级教师),她十分热爱中山大学的红楼及优美的校园环境。她退休后,在广州市老年大学学习电脑、摄影、视频制作。为了给我制作"图说中山大学的峥嵘岁月:漫谈中大校史"演讲的PPT,她花了相当长的时间,在校园里拍摄红楼和优美环境的照片;还认真阅读《红楼叠影》,

按图索骥，不厌其烦，多次到现场寻访拍照。2019年，她把这些照片制作成视频，刻录成DVD，片名为《红楼叠翠——献给中山大学95周年校庆》，送给她的亲朋好友和我的学生、友人。我在家里工作累了，就播放这个长达50分钟的视频，欣赏中山大学红楼建筑群风貌美景、苍翠草木、悦耳音乐，这是一种"自家欣赏"，确是一种精神享受。

系统地研究中大红楼的第一部著作是余志教授主编的《康乐红楼——中国大学校园建筑典范》（香港商务印书馆2004年版），收录了介绍康乐园内建于1905—1949年的红砖楼房和亭子（以下统称"红楼"）的历史和现状的文章44篇，以建成年份从远至近编排顺序。这部著作有相当的研究深度，有筚路蓝缕之功。余志教授在《红楼的价值》一文中说："在人类的发展进程中，可以被继承的最重要的财富只有两样，一是对自然规律认知的积累，另一是文化传统的形成"，而中山大学的红楼"因为它代表了历史，成为传统文化的一部分"。时任中山大学党委书记李延保教授为该书写了序。其序文说："大学的校园就是学校发展历史的见证。在康乐园中，上世纪的一批建筑就承载了中山大学及其前身院校百年发展的历史。"红楼伴随着西方先进科技进入中国，也是中国早期引进西式建筑的群体。一幢幢精美绝伦的小楼，如今已成为研究中西结合建筑的博物馆。"每一幢康乐红楼都蕴含着许多故事，叙述着做学问的艰辛，记载着名师们的风采，也留给后人无穷的遐想和敬畏。""康乐红楼更是中大校园的一道美丽风景线，成为中山大学校园文化的重要组成部分，成为陶冶和教育学生、承继文化传统的重要载体。""每一位中大学子都能从红楼中感悟到中西文化的精髓，感悟到中大历史上名师们的风采，感悟到中大深厚的人文传统的积淀。"李书记对中大红楼的历史价值及其在立德树人教育中所起的作用，作了精辟的分析。现在这些红楼，大多被广州市城市规划局列入近代、现代优秀建筑群体保护名录，被广东省文化厅批准为广东省重点文物保护单位。

2016年，商务印书馆出版了由时任中山大学档案馆馆长吕雅璐主编、档案馆人员集体编纂，历时三年而成的《红楼叠影——中山大学近代建筑群的人文解读》(线装,上下册)一书,把对中大红楼的研究推进到一个新的高度。中山大学自2006年就提出建设世界一流大学的宏伟目标,并一直为此不懈努力。一流大学要有一流大学的文化建设。孙中山先生创办的中山大学,校址几经变迁,从创办初期几所前身院校合并,成立国立广东大学,校址分散在今文明路、越秀中路、中山二路一带,到1933年国立中山大学开始兴建石牌校园,并于1934年始陆续迁入新校园,直至1952年全国高等学校院系大调整,中山大学与岭南大学合并成为中山大学并迁址康乐园。这部著作,就是根据中山大学校址的变迁,分为三编:第一编文明路、中山路校址,第二编石牌校址,第三编康乐园校址。这部著作的特点,就是把校园建筑放在当时历史条件、学校发展变迁和广州城市发展的环境下,考察、勾勒出那个时代的建筑特色。正如中山大学视觉文化研究中心主任冯原教授在为该书写的"总述"中所说:"每一时期的文化与政治特点,一般都会与建筑物的独特样式形成对称,并以符号—风格的形式贮存在建筑物外形特征上。而近现代的建筑,由于去时不远,留存尚多,实为见证中国百年历史的物质史料。"比如中山大学第一个时期文明路、中山路校址。当时(20世纪初)西风东渐,渐成潮流。两广总督岑春煊选在广东贡院旧址上新建两广速成师范(后改为两广优级师范学堂),中山大学校园史第一阶段中的代表性建筑钟楼就诞生于此。此时,社会改革在教育上的反映就是新学与旧学的选择,用新式的师范取代旧式的贡院。钟楼是一座中西合璧、仿罗马古典式建筑,外墙呈明黄色,就是这一时代新与旧、传统文化与西方文化的递进关系的一种对称性反映。中山大学石牌校园的建设处于20世纪30年代。孙中山虽已逝世,但其影响深远。中华民族处于民族自尊、觉醒阶段,校园建设追求民族意象和爱国精神,创造出一种传统与现代相结合的三段式建筑样式:建筑主体在平面上呈方形、长方形或工字形等;屋顶样式挪用传统皇家建筑的庑殿顶或歇山顶,现代的建筑躯体上安放传统的琉璃瓦大屋顶,成为表征"宫殿原型"的符号;在门楼、台阶的正立面附加装饰符号。透过对传统宫殿建筑符号的重组,营造文化自尊的宏大气象。中山大学的康乐园校址,原来是岭南大学校址。岭南大学的创办者具有西方身份。岭南大学建筑的捐助者分为两类人,一类是美国人,另一类是海外华侨富商。前者捐建的建筑,一般采用中西合璧的风格:英式红砖墙为主体,中国传统屋顶为"帽子"的混合样式。这类建筑以小型住宅为主,基本命名为"屋",并冠以捐助者的姓氏。后者捐建的建筑,在选择中西合璧的混合样式之中又更为强调中国传统建筑的特征,一般称为"堂"。冯原教授在"总述"中指出,屋与堂是和谐共处、交相辉映的;是建筑设计者和捐助者共同创造了康乐园建筑群的文化价值;建筑的居住者,通常是学校的创办人、校长和大学者、教授等,重要的居住者提升或者重塑建筑物的价值。冯原教授在"总述"中说:"由于中山大学这三个校园在广州城都留下了重要的空间遗产,想象一下,如果把中山大学的校园建筑从广州城的历史中抽出去,我们将很难去想象广州的完整风貌和文化品格。"从此可见中大红楼建筑的历史和文化价值。吴承学教授在为该书写的序《灵魂的居所》中说,在漫长岁月中,那些古老的校园建筑沉淀历史记忆,浓缩人文气息,古老屋舍掩映于苍翠草木,共同构成了康乐园的隽永之美。中山大学是学识的殿堂,也是灵魂的居所。

  李庆双博士关注康乐红楼,源于他指导的一个学生文学社团——岭南人杂志社。他希望这个社团能在校园文化建设方面发挥作用,出版一本文学性的校园文化图书,最后决定以红楼为对象进行撰写。2018年,中山大学出版社出版了岭南人杂志社编委会编的《印象·中大红楼》。该书开门见山地介绍:"本书以中山大学部分有代表性的红楼建筑为对象,收录中山大学师生及校友优秀的关于红楼建筑的文学性文章和摄影若干,将精致的摄影、优雅的文字、璀璨的红楼建筑历史、新颖优美的装帧完美地结合,从文学的视角和艺术的层面诠释并呈现中大人心目中的红楼建筑及其背后的故事。"由此可见,这本书与上述研究红楼的两本专著的风格完全不同。李博士在序中说,《康乐红楼》《红楼叠影》,这两本书都很高大上,既有史料价值、档案价值,且极富观赏性,但较昂贵和厚重,适宜于

图1 《印象·中大红楼》书影

放在案头，不便于购置和携带。他出于对文学的热爱，想到了用散文、随笔和诗歌的形式来记叙红楼，其成果就是上述这本书（图1）。

李博士并不就此止步，而是继续研究红楼，收集红楼的资料，呈现在读者面前的这本《印象·中大红楼剪影》，就是他编辑的最新成果。李博士对中大红楼着了迷，他叙述过他与红楼的缘分。在中山大学研究生毕业后，他留在校长办公室工作近10年，当时的校长办公室一直在格兰堂办公。为了宣传和保护红楼，学校还在中区的红楼墙面和楼前树碑立传。他当时所在的校长办公室秘书科负责树碑的督办工作，能亲身参与红楼的保护和传承工作，他深以为荣。他留校之初就住在南门附近、主校道旁的二层红楼里，对红楼的热爱深植于心中。这本书是《印象·中大红楼》一书的继续和发展。如果说前书主要是用散文、随笔、诗歌的文学形式来宣传、介绍红楼，那么这本书则带有研究性质，把一些问题、概念提高到理论层面来论述、探索，而且更多地阐述红楼蕴含的中山精神、民族精神、爱国精神等人文意蕴。从空间来说，本书不但介绍了康乐园的红楼，而且把空间扩大到石牌校址、文明路校址、中山路校址的红楼。例如，对中大红楼命名的特色，红楼概念的延伸、历史和精神，红楼中西合璧样式的发展过程，等等，都有新的探索，提出新的观点。这两本书最大的特色，还在于发动了在校师生、校友和社会人士的广泛参与。我们宣传弘扬校园文化的目的在于育人，受教育者积极参与其事，就是最好的举措和达到最佳的效果。

李庆双、崔秦睿编著的《雕塑上的中山大学》（中山大学出版社2020年版），是他们研究、宣传、弘扬中山大学校园文化的又一重要著作（图2）。为什么要编写这本书？李庆双博士在该书序中说：

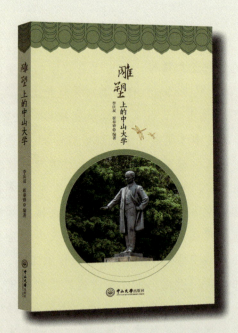

● 图2 《雕塑上的中山大学》书影

中山大学以红墙绿瓦和芳草地而闻名,但鲜有人提及散落于校园各处的雕塑。这些雕塑以人物造型为多,材质不一,形象各异,大小不同。既有单个雕塑,也有群雕;有室内和室外雕塑之分,也有真实人物和虚拟人物雕塑之别。真实人物雕塑中,既有中山大学创办人孙中山,也有知名学者,如陈寅恪、鲁迅等,还有校友冼星海、曾宪梓等,也包括了梁銶琚、马文辉等捐赠者,还有一些与中山大学直接或间接相关者,如廖承志、达尔文等。这些真实或虚拟的人物雕塑,通过艺术造型方式,静静地向人们展示着各自的人物风貌和内心世界,也彰显着中山大学历史和文化传统及精神特质。……如果你了解了这些人物雕塑,相信你就了解了大部分中大历史,之所以给本书命名为《雕塑上的中山大学》,也正是此意。

他认为收集、整理和呈现这些人物雕塑,可以体现中山大学的环境育人功能,打造良好的校园文化。他把该书定位为兼具文学性和档案性,要好看还要有真实性,要图文并茂,每篇文字以3000字左右为宜。每文分人物格言或警句、人物风采、人物档案(包括人物档案和雕塑的碑文)三部分。该书收集了几个校区的室内外人物雕塑,全部整理和记录成册,"使这本书成为中山大学第一本完整记录人物雕塑的大全"。他以展板的形式,先后在广州校区东校园行政会议中心大厅、南校园图书馆和珠海校区图书馆展出该书的部分作品,受到广大师生的欢迎,获得良好的效果。他的工作方法,仍然像编写关于红楼的书籍那样,发动学生参与,把学生团队分成文字组、摄影组、设计组和联络组,让他们深入几个校园收集和整理资料;还请档案馆的崔秦睿老师一起指导学生的工作,修改和补充学生的文章;他们还亲自撰写几篇美文。他们共同的理念,使他们走到一起,共同奋斗。李博士在该书代序中记载一个故事:"记忆最深刻的是,为了弄清英东体育中心广场前的'倒挂金钟'雕塑上模糊的碑文,我和崔老师在正午的阳光下跪在碑文旁,一个字一个字地

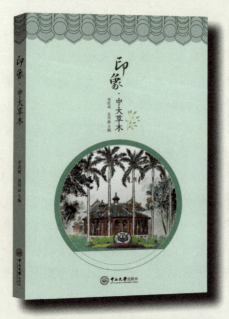

◉ 图3 《印象·中大草木》书影

进行辨认,多亏了崔老师的广闻博记,才最终完成了碑文的辨认工作,此情此景也成了这本书的特殊印记。"这是多么动人的敬业精神。

孙中山先生的"天下为公"理念和奋斗精神,在该书介绍的人物中都有所体现;书中叙述雕塑人物的德才兼备、领袖气质、家国情怀的故事,使广大师生受到教育和得到启迪。

李庆双和吴丹还主编了《印象·中大草木》(中山大学出版社2019年版)一书(图3)。中山大学的校园非常优美雅致,茂林修竹、草木葱茏。生命科学学院的学生,为庆祝学校90周年华诞,拍摄了校园里具有代表性的植物照片,编成《康乐芳草——中山大学校园植物图谱》(中山大学出版社2014年版)。中山大学党委书记陈春声教授以"玉在山而草木润"为题,写了一篇序言,说中山大学环境优美,但不是一般意义上的"花园":"我们的校园是诸多为近现代中国学术作出奠基性贡献的前辈学者居停过化之区,是许许多多以其思想成就增长了人类知识、改变了人类生活的大家名士授业解惑之所,更是无数聪慧好学的年轻人问道求学之地,这里的草木伴着知识的播种而萌芽,随着学术的进步而结果,这里的自然万物寄托过一代代学者哲人的思想与情愫,与成千上万莘莘学子共同成长。"陈书记这篇序文非常优美而有哲理。大凡一个读书人,尤其是喜爱自然、喜爱艺术的人,多辨认得一些大地的草木、鱼鸟,都是有益的。孔子教他的学生要"多识于鸟兽草木之名",这是学生成长的重要途径。中山大学环境优美,环境可以育人,润物细无声。历来,师生员工对这些花草树木,或以优美的文章记述它,或以热情洋溢的诗歌赞颂它,或谱成旋律柔和的曲调歌唱它。《校友之歌》中有一句唱词"千百个梦里,总把校园当家园",最能体现中大人的家国情怀。《印象·中大草木》一书,收录了往届校领导、知名学者、校友、对中大草木素有研究的教职员工写的有关中大草木的诗、文,还收录了传播与设计学院、信息管理学院两院联合党委学生工作部、校团委和校友总会一起开展的"兴文化,育新人"主题征文活动的部分征文作品。该书收录的作品,文字优美、富有感情、通俗易懂、内含哲理,配以现代画家的画作、摄影家的摄影作品。所以说它是一本饱含人文精神、雅俗共赏、图文并茂的宣传、弘扬校园文化的优秀读物。

红楼、草木、雕塑三者是中山大学固有的校园文化,李庆双博士以文化育人的理念,努力弘扬这种校园文化,做了许多有益的工作。由于对文化和校园环境的热爱,他致力于开展校园文化活动,打造了"三行情书"和"红色诗文诵读"两个校园文化品牌。

"三行情书"活动,在中山大学开展得比较早。"情书",不是男女之间的恋爱情书,而是作者抒发对祖国、人民、社会、中国共产党、社会主义核心价值观、母校和亲朋发自内心真挚的情感的作品。在李博士的倡议、推动下,十几年来共收到数千首作品,李博士主编了三部书(图4):《爱的诉说——三行情书集》(中山大学出版社2013年版)、《中国梦 中大情——三行情书集》(中山大学出版社2015年版)、《我和我的母校——三行情书集》(中山大学出版社2020

◉ 图4 《三行情书集》

年版)。所谓"三行情书",就是以诗歌的形式,用简练精致的三行诗表达作者的真挚情感。三行情书有古老的东西方文化传统,易写、易记、易传播,符合时代特征,深受青年学生的喜爱。习近平总书记指出,教育要"以文化人""以文育人""以文服人",强调要"润物细无声,运用各种文化形式,生动具体地表现社会主义核心价值观"。李博士探索出用三行情书和格言警句等传统文化形式,表达振兴中华、实现社会主义现代化的中国梦的宏大主题,获得了巨大的成功,《深圳特区报》《广州青年报》用较大篇幅报道了"三行情书"的相关活动。更加可喜的是,李博士还积极推动中山大学研究生支教团把"三行情书"活动带到西藏林芝市第一中学、西藏昌都市第一高级中学和云南澄江市第六中学去开展,这些活动是研究生支教团所在中学的一道靓丽文化风景,深受当地师生的欢迎,每本《三行情书集》都收录了西藏、云南这些中学师生及群众的作品。中山大学原党委书记李延保教授夫妇也兴致勃勃,化名"吕盛"参加了"三行情书"比赛,用"一份爱,一份承诺,一辈子"的诗歌表达相互间的深情。李延保教授即时捐赠了人民币2000元作为活动经费。后来李博士把这笔款项交给研究生支教团,作为支援西藏、云南活动的经费。中山大学原副校长颜光美教授为《中国梦 中大情——三行情书集》写了序,说"三行情书"活动"已成为学校一张闪亮的名片和校园文化品牌"。他认为,一个好的学生活动品牌要包含三个要素:一是有好的活动主题,主题要鲜明和积极向上,要体现家国情怀和爱校情结;二是活动的效果要能达到习近平总书记说的"以文化人、以理服人、以情感人、以美育人";三是要学会运用新兴的传播媒介来做学生思想政治教育工作。由于"三行情书"活动的成功开展,中山大学"情传中国梦——三行情书活动"项目于2014年荣获"广东省校园文化建设优秀成果特等奖",李庆双博士被评选为"广东省学生工作先进个人"。学生称他为"最有才情的党委副书记",就是对李博士工作的充分肯定和褒奖。

就我的视野所及,大凡进入"双一流"大学建设的院校,都重视发挥校园文化在立德树人教育中的作用。例如北京大学,中大校友、现在北大任教的陈平原教授,出版过三种有关北京大学校园文化的书:《北大旧事》《老北大的故事》《北大精神及其他》。北京大学肖东发教授主编"北大人文与风物丛书",包括《风骨:从京师大学堂到老北大》《风物:燕园景观及人文底蕴》《风范:北大名人故居及轶事》《风采:北大名师的岁月留痕》四卷。而且这些书很畅销,一版再版。更引人注目的是北京大学原校长许智宏院士,从校长岗位退下来之后,率领一个团队,将北京大学校园有代表性的185种植物拍成精美照片,和顾红雅教授共同主编《燕园草木》一书。他在序文《草木含情》中说:"正是树木花草,使燕园四季分明。古树峥嵘,百花争艳,又突显出北大的灵气和活力。""这本书更大的寄托是:希望我们北大学子更好地珍爱我们的家园,保护好燕园的一草一木。"顾红雅在《后记》中说:"燕园植物的美是要用心去体会的,我们在本书中加入了一些著名学者、校友对校园植物的描写,也添加了一些编委对部分植物的鉴赏和理解,尽量将校园文化融入到校园植物的描述中,希望这种尝试得到大家的认可。"我翻阅这本书时，十分感慨，它既有科学性，又有可读性，更具欣赏价值。这不正是校园文化在感染着读者的心灵吗？

　　李庆双博士推动和弘扬中山大学校园文化的工作是成功的。他之所以能够成功，首先是由于历届学校领导重视，如原党委书记李延保、郑德涛，原校长黄达人、原副书记副校长李萍、原副校长颜光美，现任党委书记陈春声、罗俊校长，等等，都写过弘扬校园文化的文章或支持相关活动；学校相关部门，如党委宣传部、党委学生工作部、校团委、校友总会、研究生院、传播与设计学院、信息管理学院等，各部门领导或批准相关活动立项的经费，或直接领导有关活动；中山大学出版社大力支持，出版相关著作，王天琪社长还希望李博士能出版系列校园"印象"书籍。总之，这个成功，是集体协作，加上李博士及其领导的团队努力奋斗、坚守敬业精神的结果，是践行孙中山先生博学、审问、慎思、明辨、笃行校训的体现。希望李庆双博士继续努力，为培养德、智、体、美、劳全面发展的社会主义事业建设者和接班人作出更大贡献。

2021 年 5 月 31 日于中大康乐园寓所

目录 CONTENTS

红楼掠影

中大红楼密语待新释 / 姚明基　2

中大红楼的命名特色 / 姚明基　6

追寻康乐红楼 / 怡然春秋　12

中大红楼遐想：概念、历史与精神 / 陈长安　50

红砖绿瓦间承载的中大精神 / 吕澎宇　58

绿瓦方寸间 / 陈姝云　68

扎根中国大地，心系国运苍生
　　——石牌校园里的中大精神 / 陈溪如　74

拱廊遗梦 / 刘广曦　81

花开时节又逢君 / 陈志敏　86

雕梁画栋

中大红楼里的廊与拱券 / 姚明基　90

希伦高屋

希伦高屋简介　103

印象红楼
　　——谈希伦高屋与伦敦会屋 / 罗砺　104

积臣屋
积臣屋简介　113
行走在光芒之中 / 吴松阳　114

高利士屋
高利士屋简介　120
陈旧，亦活力依旧 / 杨彩婷　121

爪哇堂
爪哇堂简介　126
神往康乐：爪哇堂 / 黄可怡　127
印象·爪哇堂·过客 / 吴松阳　130

八角亭
八角亭简介　134
亭内春秋 / 黄可怡　135
相约 / 张晨　138

风华绝代

陈耀真、毛文书故居
陈耀真、毛文书故居简介　140
百年红楼，一生所爱 / 闫彤　141

伦敦会屋
伦敦会屋简介　145

砖瓦之间，风骨永传 / 刘姝贤　146

宾省校屋
宾省校屋简介　150

十年树木，百年余荫 / 刘雨欣　151

陈序经故居
陈序经故居简介　156

访陈序经故居 / 张涛　157

林深不见鹿，幽人自往来
　　——记美臣屋一号：陈序经故居 / 蓝恺鑫　160

屈林宾屋
屈林宾屋简介　163

佳气承远方 / 王朔　164

孖屋
孖屋简介　168

瞻仰陈心陶故居 / 张荣芳　169

康乐缘 / 毛潇予　174

陆祐堂
陆祐堂简介　178

靓丽宫殿：陆祐堂 / 吴文溢　179

慎终追远

明远楼
明远楼简介 184
明远楼的前世今生 / 徐磊 185
慎终追远，明德归厚
　　——明远楼 / 龚之琳 189

文明路钟楼
文明路钟楼简介 192
第三种绝色：中山大学钟楼 / 张家瑜 193

医科红楼
医科红楼简介 198
中大北校1号楼
　　——医科红楼的前世今生 / 崔秦睿 199
医科红楼游记 / 陈佳兴 204
中大印象·医科红楼 / 牛佳辰 208

天文台
天文台简介 212
关于天空的那些故事
　　——文明路天文台的前世今生 / 卢钿希 213
中大红楼：天文台 / 旦增仁珍 218

后记：红楼梦里说红楼 / 李庆双 223

红楼掠影

黑石屋 郑晴 摄

中大红楼密语待新释

姚明基

红楼，是民间对外观呈红色的古旧建筑、近代建筑简单又直观、形象的称谓。

以红楼为名的建筑，最著名与具有历史意义的，非北京大学旧址、现为新文化运动纪念馆的"北大红楼"莫属。这幢建于1918年的红砖红瓦建筑，是中国近代史上李大钊、陈独秀、毛泽东等人最早传播马克思主义和民主科学进步思想的重要场所；在1919年的五四运动中，它又是反帝爱国运动的策源地。它见证了中国社会翻天覆地的变化，承载着厚重的人文精神。

在广州城里，也有多处建筑，因为外观呈红色，被人们称为红楼。其中，当然也包括占据主要分量的中山大学近代建筑群。这些建筑群因大部分的建筑外观均为红墙绿瓦，亦被称为红楼（图1）。

在中山大学建校百年的历史上，曾经经历了两个规模宏大的红楼建筑群建设时期，这就是中山大学建校早期的石牌校址建筑群和当下的康乐园校址建筑群。这些建筑群，因其校园整体布局合理、特色分明、风格独特，堪称中国高校校园建筑的典范。

石牌校址与康乐园校址，由于经历不同，当年建校的理念不同，建筑资金来源不同，建筑设计者不同，导致两个校址的建筑风格不完全相同。而两个校址的红楼的相同点在于：中式的屋顶，清水红砖墙，屋顶、屋身、屋基三段分明；校园整体布局设计合理，具有自身突出的特色。

◉ 图1　红墙绿瓦的康乐园红楼格兰堂　　郑晴　摄

　　岁月不居，时节如流。中山大学两个校址的红楼建筑，积淀了很多不为人知的秘密。同时，随着学校的发展，这些近代建筑物上大量的信息与符号，成为等待解读的红楼密语。比如石牌校址文学院的脊饰，其他大楼为龙吻脊，它却使用了类似凤凰等鸟类的饰物，这当中暗示着什么含意呢？又如康乐园的地标建筑怀士堂，外观之独特、建筑之实用至今仍不落后于时代。该楼堂北面主体建筑的设计，仅仅是因为该楼是作为岭南大学基督教青年会会所使用，而融入了西方教堂的哥特式建筑风格吗？当中又有没有中式设计主导的"天圆地方"理念呢？再如在康乐园的红楼建筑中，马岗顶的洋教授住宅建筑群，由于洋教授们的生活习惯，建筑中融入了壁炉、烟囱的设计，导致屋顶上不规则的烟囱矗立；但几幢体量宏大的建筑，如陆达理堂、早期的马丁堂、中学生寄宿舍等，屋顶上也设计了烟囱，又作何解释呢？作为中国教授住宅的模范村建筑群，也融入不少壁炉、烟囱的设计，但几十年来却未曾点火冒过烟。为什么康乐园中仅两三幢较大体量的红楼在屋顶四条屋脊上设置若干只走兽（图2），而其他屋、堂的屋脊上却没有？又如红楼墙上的砖饰（图3），又寓意着什么呢？为什么有些门窗上使用了广式风格，有些门窗又没有呢？建筑的设计者，透过

图2 "广寒宫"屋脊上的走兽　刘雨欣 摄

图3 红楼墙上的砖饰　郑晴 摄

红楼,传达了什么话语与信息呢?如此秘密,有待专家、学者给予新的解释。

如果不是有完整的文字记载,今天石牌校址的红楼建筑及整体布局,乃至道路、湖泊的名称,就难以让人们解读得那么全面与彻底。这要感谢中山大学的首任校长邹鲁先生,在《国立中山大学新校概要》中,比较详细地对新建校舍情况给予了介绍。后来由张掞主笔的《国立中山大学成立十周年新校落成纪念册》又对其进行了详尽的补充。康乐园的建筑群则没有如此多的资料记载,档案中留下来的史料、对建筑物的解释,说其是只言片语亦不为过。

星移斗转,日月如梭。随着时间的推移,中大红楼伴随着学校的发展,也见证了很多过往的大师与名人。不同的时代,不同的时期,不同的群体,就有不同的红楼故事在传颂;不论是大师还是凡人,有多少人住过红楼,就有多少故事。谁能说得清、道得明红楼当中的故事、秘密呢?

矗立于康乐园的百余幢红楼,仿佛已成为研究西方建筑的博物园。这百余幢建筑,每一幢都有自己的建筑风格与特点,每一幢红楼都有自己不为人知的印记与痕迹,而这些特点、印记、痕迹,很多仍未被人们所解读。

过去百余年的时光中,红楼因为中外大师居住过而声名鹊起(图

● 图4　光影中的陈寅恪故居　　郑晴　摄

4）；曾经，国内的大师因进驻红楼后著作等身、学贯中西；今天，驻守红楼的各研究中心，未来又将会产生多少大师？

今天解读的迷茫，或许能为将来的研究奠定基础。学校还在发展，故事还在延续；今天的经历，也许又成为红楼明天的密语，为后人创造着解密的题材。

密语，是因为外人及后人未知，才成其为密；又因为其存在，而且有寓意，才可以在被解读后娓娓道来。中大红楼中的一楼一舍、一砖一瓦、一纹一饰所承载的秘密，以及过往大师的风范，值得喜爱中山大学、喜爱红楼的晚辈们去关注，慢慢地去解读，并作出新的解释。

姚明基，中山大学档案馆副馆长

中大红楼的命名特色

姚明基

在中山大学的发展过程中，至今仍存的很多近代建筑，红墙绿瓦，以中式传统建筑风格为主，或赋予西方建筑元素，或以实用主义风格渗入其中，形成了自我特色，与绿树相衬，构成了今日国内不可多得的最美校园景观。

"红楼"，并非中山大学近代建筑的专有名称。近的，如广州市的某个红墙绿瓦的游泳场、越秀中路建于清朝康熙二十三年（1684）的明远楼等，被称为"红楼"；远的，北京大学的新文化运动纪念馆以红砖红瓦建成，被称为"红楼"；中山大学广州校区北校园的办公楼，也称"红楼"；石牌校园就有一幢早年的教室，直接被某位领导题写了"建筑红楼"并镶嵌在门楣上。红墙绿瓦的建筑，或红墙灰瓦的建筑，因为被周边的绿色树木所反衬，突显砖墙的红色，这些在阳光下更显姹紫嫣红的大楼，就很容易被人们通称为"红楼"。

若是要给中大红楼下一个定义的话，从宏观的角度看，应该是指那些中山大学成立以来，包含成立前的前身院校所构筑的，至今仍存的，并被政府纳入不可移动文物保护范围的近代建筑。由此标准推算，中大红楼包括国立广东大学的建筑，如文明路校址的钟楼、明远楼等；也包括前身院校、合并院校及附属医院的建筑，如早年附属于岭南大学的孙逸仙纪念医院的哥利支堂、南华医学堂等，都属于中大红楼的范畴。从微观的角度看，中山大学的红楼，是指被纳入广东省文

图1 哲生堂　姚明基 摄

物保护单位的中山大学早期石牌校园的近代建筑群,以及当下南校园所在地康乐园的岭南大学早期近代建筑群(图1、图2);更有甚至仅指康乐园内,早已被广东省纳入保护的近代建筑群。

对中大红楼的认知和关注程度,对于非建筑专业的人士来讲,大多数关注学校校园特色和建筑风格;对专业的人士来说,会重点关注康乐园的清水红砖近代建筑、建筑规范、营造模式与校园整体规划布局。

不论是石牌校园还是当今的康乐园,中大红楼的大部分建筑,都以"教室""楼""堂""馆""屋""村""舍""亭"等命名,甚至以学院的名称为大楼或建筑群命名。对这些建筑的命名,也恰如其分地表现了各幢近代建筑的体量、状况与功能。

中山大学早期的红楼,当以石牌校园的近代建筑群最具代表性。石牌校园的近百

图2 十友堂　姚明基 摄

幢红墙绿瓦、飞檐翘角、屋顶屋身屋基三段分明、气势磅礴、体量巨大的近代建筑，被恰如其分地赋予了"教室"和"馆"的名称。

学校是有组织、有计划地进行教育活动的组织，其目的是改变被教育者的思想和思维方式。学校教育的场所，教师向学生传授课业的教育空间，就被称为教室。石牌校园中多幢建筑的名称，被直接命名为学院、专业名称的教室，如"工学院土木工程教室""理学院物理数学天文教室"等。以"方""大"为特色的几幢建筑，则被冠以"馆"的称谓，如"农学院农学馆""农学院农林化学馆""图书馆""体育馆"等。按中国传统文化解释，"馆"是接待宾客的场所，亦是书塾和公共文化娱乐、饮食的场所，这些个命名，彰显了当时的学校决策者、建设者们实事求是、务实求真的精神与办学理念。中山大学石牌校园那些体量庞大的建筑，全面体现了中大红楼以中国传统建筑风格为特征的建筑风貌，把中国传统建筑风范与气派，融合到激励学生的爱国主义精神与个人远大前程当中。

如果说，石牌校园的建筑，其命名方式以中国传统方式为特色、中规中矩为原则的话，那么，康乐园的红楼则是以中西建筑风格交融为特点，突显实用与西方教会背景的风格，其建筑的命名富含西方教会与中国元素的特征。

众所周知，康乐园是早期具有教会背景的岭南大学所在地。办学的前50年间，其建筑由教会、信徒及其他社会群体、人士捐赠而成；而由华人主事学校之后，校园建筑中又加入了不少由华人捐资兴建的建筑。因此，康乐园内的这些近代建筑，因其不同的建设时间、不同的资金来源、不同的学校主事决策者，导致不同的建筑命名方式。以"堂""屋""村"为主的名称，既显示了教会尊重本土文化，同时也突显了大学治理的人性化，而这等入乡随俗的命名方式，亦成为康乐园各建筑的命名特色。

堂，以中国传统习俗而言，正房、高大的房子、官吏审案办事的重要场所，称作堂；民间建筑中的堂，有尊贵和敬重之含意，供神祀祖、婚丧礼仪等重大事宜，都必须在堂中举行。教会传道施教的重要场所，则称之为教堂，是教会举行弥撒、礼拜等宗教事宜的重要地方。

● 图3 陆祐堂　姚明基　摄

作为早期具有教会背景的岭南大学，把传道授业的教室称为堂，就较合事理。如马丁堂、陆达理堂，以及后来的哲生堂、陆祐堂（图3），都是体量较大、集中授课的重要场所。

屋，是人们居住的房间、居舍，一般为单檐平层建筑，重要的建筑也有重檐设计，两层以上能居住人的，则称为"楼"了。但康乐园中较多的两层以上的红楼建筑却被命名为"屋"，如高利士屋（图4）、麻金墨屋、积臣屋等。这些个"屋"，名字虽小，建筑风格可不

● 图4 高利士屋　姚明基　摄

● 图5　模范村　　姚明基　摄

小气，沿用了中式传统建筑屋顶、屋身、屋基三段分明的风格，也许是为了节约开支，有些屋顶的规格被略为缩小了。迄今为止，这些设计西化、功能齐全、早期以洋人教授居住为主的屋，仍不落后于时代的发展。

　　村，原意指城市之外的乡下聚居的处所。这对当时办学于城外的大学来说，把教师的住宅区命名为"村"，也不足为奇。康乐园内的"模范村"（图5）、"九家村""工人村"落成时，屋前屋后仍可从事农业耕作、种菜种瓜以满足生活之需。通过规划，在一定区域范围内集中建设居住对象明确的建筑，亦成为中大红楼的特色。

　　中大红楼中，不少楼宇的名字被冠以捐资者、赞助商和对学校发展有突出贡献者的名字。例如，由个人捐赠和商务组织捐赠的怀士堂、谭礼庭屋、伦敦会屋等，为了彰显个人对学校贡献的利寅楼、格兰堂和荣光堂（图6）等。铭记捐赠者及突出贡献者的功德，亦成为校园建筑命名的一个特色。

石牌校园和康乐园当中,也有几幢教学大楼被直接冠以使用学院的名字,后面却没有赋予"楼""堂""馆"的称谓,如文学院、法学院、桑蚕学院、神学院等建筑。这些建筑楼体规模不小,名字清晰好记。

● 图6 荣光堂　　姚明基 摄

在园林景观的校园中,亭,是不可缺少的活动场所及景观点缀之建筑。中大红楼建筑中的亭,以纪念和观赏的功能为主。例如,以纪念某次活动的植树纪念亭,纪念某些人物的刘义亭、惺亭(图7),还有以形状命名的八角亭、方亭,等等。

石牌校园的红楼建筑,宛如大家闺秀,端庄、大方,名字实在而富有传统色彩;康乐园的红楼建筑,犹如小家碧玉,活泼、细腻,名字包含中西方建筑的特色。这些各具特色的命名方式的有机结合,构成了中大红楼的命名特色。

● 图7 惺亭　　姚明基 摄

追寻康乐红楼

怡然春秋

序

随着时光的流逝,我们周围的一切在不断消失,时间给我们的躯体和思想带来变化,犹如在空间中存在着一种几何学、在时间中存在着一种心理学。"时间"在摧毁着一切,但"回忆"却将过去保存了下来。

青春年少时的我们,曾经日夜生活在这个绿树环拥、碧草连天的康乐园中,然而,我们对无数点缀其间的红楼建筑却熟视无睹。

在康乐园的象牙塔中苦读7年之后,我仍然住在一路之隔的校园近旁,彼时的康乐园之于我,就犹如一座偌大的后花园,与我的生活紧密相连。

步入社会10年后,2002年重返中山大学,获得管理学院MBA学位。又过了10年,连续三届(9年)被聘为中山大学管理学院MBA校外导师,延续着我与康乐园的长久情缘。

随着全球旅游阅历的丰富,过去在我的眼中是如此习以为常的康乐红楼群,犹如陈年佳酿,渐渐地呈现其醇厚的芬芳馥郁。

那些我们曾大费周折、不远千里万里探寻的名胜古迹,甚至还不如近在咫尺的这座"露天博物馆"。

看过了莱茵河畔的古堡,看过了叶卡捷琳娜花园深处的塔楼,看过了西湖曲院风荷里的昔日酒坊……

● 图1　康乐园里绿树成荫　　怡然春秋　摄

蓦然回首,才发觉掩映在参天古木之下的这些康乐红楼,竟然也是那般地引人入胜。

康 乐 红 楼

(一) 书香与花香

康乐园有着一种常青藤名校般的氛围,弥漫着浓郁的书香;环境幽雅,绿树成荫(图1),遮天蔽日的林荫道上,更是花香四溢、落英缤纷。由于校园面积广阔幽深,即使是园中的常驻民,有时也难免在一处不甚熟悉的园区角落迷失。

康乐园沧桑的历史感,均凝结在百余座红楼建筑中。这些红楼错落有致地分布在逸仙路中轴线两侧,设计别具一格、各具特色,最令人叫绝的是,没有一座红楼是雷同的,但它们却都有着共同的特点:身披红色的砖质"外衣",头戴碧绿的琉璃瓦"帽子",大楼屋顶似宫殿,小楼屋顶尖尖有烟囱,室内多有精美壁炉,大多是典型的中西合璧建筑,色彩明艳但不失庄重,富有岭南传统特色。

这些红楼建筑,除部分四层的教学楼、办公大楼外,大多是二至

◉ 图2　公寓式小红楼　　怡然春秋　摄

◉ 图3　钟荣光校长与教职员在格兰堂前合影

三层的公寓式小红楼（图2），精美别致，独立掩映在郁郁葱葱的林荫之中。一代又一代著名的思想家、学者和教授，如钟荣光、许崇清、陈序经、陈寅恪、王季思、冯乃超、冼玉清、容庚、商承祚、杨荣国、姜立夫、蒲蛰龙等，都曾经在这些红楼里工作生活过。

（二）从"格致书院"到"岭南大学"至"中山大学"

岭南大学的前身为格致书院，于1888年由美国人创办，校址在广州沙基利埠（今六二三路）；1900年改名为岭南学堂。

1904年，岭南学堂（1918年改称岭南大学）迁校至珠江河南岸的康乐村附近，因此校园亦被称作"康乐园"。孙中山曾三次到岭南大学参观、发表演说并捐款，期望岭南大学的学生担负起建设民国的责任。

1927年，岭南大学由国人收回自办，并成立岭南大学董事会，孙科任董事长，钟荣光任自办后第一任校长（图3）。

1952年全国高等学校院系调整时，岭南大学的文理科合并到中山大学，康乐园则成了中山大学的校址。

（三）"露天博物馆"

看得出，岭南大学校区是经过认真规划的。中轴线南北贯穿，楼、堂、馆、所依中轴线两翼排开。看到那规整的大草坪和水池，不禁使人联想起美国华盛顿的国家广场，不知岭南大学的规划是否受到它的启示？这种猜想不无道理，因为康乐园的最初规划出自一位美国人之手。

据史料记载,从1904年开始,一批红楼建筑一栋一栋地拔地而起。最早建成的马丁堂、格兰堂等,乃当时美国纽约著名的斯道顿建筑师事务所之手笔。

从1913年开始,曾经担任美国建筑师协会主席的设计师埃得蒙茨开始接替斯道顿,成为岭南大学建筑的主要设计师。1918年,他完成了岭南大学的建筑规划,陆续设计了怀士堂、马应彪夫人护养院、爪哇堂、八角亭、十友堂、张弼士堂、理学院、麻金墨屋、荣光堂等10余栋建筑。

1919年五四运动之后,国内兴起推行中国式建筑的风潮,康乐园红楼的建设也随之越来越具有中国古典建筑风格,即使一些早期兴建的西式红楼,在其后的改建过程中,也纷纷融入了中国古典建筑元素。

由此,康乐园红楼建筑群分为两个时期:折中主义时期(1904—1928)和古典复兴主义时期(1928—1936)。折中主义时期的代表建筑有马丁堂、怀士堂、格兰堂、黑石屋等;古典复兴主义时期的代表建筑有惺亭、陆佑堂、哲生堂和"广寒宫",融入了较多的中国古典建筑元素。

这些红楼,几乎都是古朴典雅的中西合璧式建筑,它们成为中国早期引进西方建筑技术的典范,是广州市建筑发展的重要标志,如今亦成为研究西式建筑的"露天博物馆",具有较高的文物价值。2002年8月,康乐园早期建筑群被列为广东省文物保护单位。

(四)红楼影踪

单从康乐红楼那独特的怀旧名称,我们就可以感受到岭南大学创办者(美国人)的宗教气息,以及来自海内外贤达之士共襄教育、慷慨相助的慈善基调。

然而,康乐红楼毕竟是岭南大学时期的建筑,在我求学的20世纪八九十年代,所有的校园建筑一律按其功能采用统一编号的功用名称,如小礼堂、大钟楼、人类学系、法律系、中四宿舍等。

直到21世纪初,百余栋岭南大学时期的建筑(康乐红楼群)被确认为历史文物之后,那些沉寂多年的人文故事才逐渐广为人知,以至于我们这些20世纪八九十年代的中大学子，大多弄不清康乐红楼新旧名称之间的对应关系。

沈教授常常以此打趣我道："你是中大毕业的，怎么还不如我清楚这些红楼的名称、所在及历史？"我确实自愧不如，沈教授虽然只是"中大女婿"，但他却饶有兴致地走遍康乐园的每一处角落（许多都是我从未涉足之地），实地拍摄照片，查阅文献，并在地图上一一对应地标注出来。

我整理电脑旧文档时，欣喜地发现沈教授在2015年之前所做的这些细致入微的一手资料的采集工作，于是产生了这篇文章。

为了重建关于康乐红楼的系统认知，我还当真花费了不少时间与心力，以这些宝贵的一手资料，为自己梳理出一个清晰的脉络。

康乐红楼群中的标志性建筑集中在逸仙路主轴线，楼、堂、馆、所依其两翼排开，向东进一步延伸至马岗顶一带，那里为洋教授居所建筑群，东区有"广寒宫"等零星建筑，西区有模范村中国教授住宅群等。

当我终于找出了能够将我的"过去"（故事）与红楼的"过去"（故事）逐一对应并相互衔接的叙事框架后，我才得以越过被"时间"摧毁的障碍，并借助"回忆"将"过去"保存下来。

中轴线南段

（一）最宽阔的美丽大道

从南大门步入康乐园，一幅长卷立刻铺展在你的眼前，主干道逸仙路南段是康乐园里最宽阔的大道，各式新老建筑依其两翼排开。

主干道两旁，是遮天蔽日的白千层、洋紫荆和榕树。春天，洋紫荆开满红中间白的花朵，花瓣落在地上，校道犹如铺着碎锦；洋紫荆树下，是经过修剪的低矮灌木，开放着吊灯形状的扶桑花，深红粉白、浅黛浓绿，交相辉映。空地上有榕树、木棉树、荔枝树、葡萄树，夹杂着一丛丛翠竹，微风过处，花树婆娑，沙沙作响。

大二时（1986年），班上的女生们盛装携手在这里拍摄了合影；22年后（2008年）的校友日，重逢的女同学们在相同的地点再度携手合影。此日的校园车流不息、人潮如鲫，为了拍摄这张合影，男同学们费尽九牛二虎之力帮助拦截往来车辆。由于场面很亮眼，路人们纷纷驻足围观，其中有两位老外路人不仅反应热烈，还提出要一同合影，把女同学们都逗乐了。他们倒是如愿以偿了，却不料引来了辛苦拦截车辆的男同学们的"羡慕嫉妒恨"，哈哈哈……

（二）蚕丝学院制种室

就在我们拍摄合影的大道西侧，有一栋毫不起眼的小红楼，竟是文物，乃当年岭南大学蚕丝学院建筑群（共四栋）（图4）中硕果仅存的红楼（410号）——蚕丝学院制种室。

● 图4 蚕丝学院建筑群原貌

> 岭南大学蚕丝学院成立于1927年，肇始于1916年查理·考活（Charles W.Howard）教授的经济昆虫实验室，后由美国丝业协会与广东省政府扶持，先后发展为蚕丝学系、岭南丝业研究所及广东省建设厅蚕丝改良局，1921年并入农学院。
>
> 在1921年至1931年间，共建有四座（育种室、制种室、缫丝厂和无病蚕室）专供蚕丝学院使用的建筑，由纽约丝绸进口商马科斯·飞利达（Marcus Fieldler）捐建。但到今天，康乐园内也仅余制种室了，其余三栋拆除于20世纪80—90年代。

（三）协和神学院建筑群

在逸仙路南段的东侧，掩映在网络与信息中心大楼（当年的电教大楼）后面的三栋小红楼（261号、265号、268号），是早年的协和神学院建筑群。

> 协和神学院创办于1914年10月，最初借用伦敦会西关宝盛沙地大街宿舍，后又在白鹤洞买地15亩并建新校舍。1919年，岭南大学与协和神学院签订合约并于次年开办神学预科。抗日战争胜利后，协和神学院并入岭南大学，成为五学院之一。虽并入岭南大学，但协和神学院另有独立的办学机构。1951年从岭南大学脱离，复称广州协和神学院。现东南区261号、265号、268号，落成于1947—1948年间，261号最初为协和神学院教学、办公场所，265号、268号均曾作为宿舍。

（四）四墩楼

在逸仙路东侧文科大楼和中文堂背后，有四栋风格一致的教师住宅（234～237号），呈平行四边形分布，即为四墩楼（Sidun Buildings），又称"炮台屋"（图5）。

● 图5　四墩楼（236号）　　怡然春秋　摄

当年我从东区学生宿舍前往生物系,就经常抄近路途经此地。有一回清晨在近旁的东大球场跑完步,上来此地,原以为找到了幽静之地可以晨读英语,却不料被嗜血的群蚊围攻,不得不仓皇逃遁,以后再不敢在此地驻足。

(五)谭礼庭屋、麻金墨屋二号

南北贯通的逸仙路与东西走向的康乐路交界处,有一个幽静的小花园,它是步行者喜爱的捷径之一,花园中靠近逸仙路的孖屋形小红楼(278号)为谭礼庭屋(图6),靠近康乐路的小红楼(280号)为麻金墨屋二号(图7)。

> 谭礼庭屋(Tamm Lai Ting Houses),又称同学屋、同学会屋、岭南同学屋,该建筑由曾任岭南大学校董的谭礼庭先生捐赠,落成于1925年。谭礼庭屋为孖屋形建筑,一侧曾用作岭南同学会所,另一侧用岭南大学旧同学在校任职者住宅。
>
> "孖屋"是中大红楼独特的建筑设计范式,由两间独立住宅相连成一栋的结构形式,外观上为一幢建筑物,有着单一的大屋顶,但各自有独立的入门和楼梯,房间间隔左右对称。
>
> 麻金墨屋二号(McCormick Lodge No.2)由美国芝加哥麻金墨夫人(Mrs. Nettie F.McCormick)捐建,落成于1913年,该建筑初为前清秀才、岭南学校国文教授陈辑五的住宅。1931年,岭南大学副校长李应林在此居住;1936年,为中国员工俱乐部。

● 图6 谭礼庭屋原貌　　　　● 图7 麻金墨屋二号　　怡然春秋 摄

○ 图8　马应彪夫人养护院原貌

（六）马应彪夫人护养院

穿过小花园，便连接到又一个较大的花园，这里是校医院的所在，新生入学体检就是在校医院进行的。当年，我们班里的女同学把彼此敏感的身高排了个顺序：4个大高个（165厘米以上），3个中等身材（160～165厘米），3个娇小版（155～160厘米），3个迷你版（155厘米以下）。有趣的是，3个迷你版的姑娘最受青睐，因为她们立刻就被体育老师召进了体操队。

进入大学后，我们立刻就享受到了公费医疗的待遇。然而，对于基本上没病没灾的年轻人而言，校医院里最热门的诊室非口腔科莫属——拔除智齿，仅有的四张治疗椅，永远都是满座的；小小的诊室里，牙医的榔头与铁钳寒光闪闪，患者的惨叫声不绝于耳。我那两颗长歪了的智齿，一直拖到读研的时候才被迫拔除。当我看到诊室里的女牙医遇到需要抡铁锤敲碎智齿的环节，气定神闲地将重活计转交给男同事承办时，便可掂量出一锤子敲在脑门中的分量了。

多年以后，当我路过校医院时，蓦地发现靠近路边的那栋红楼（279号）静静地恢复了"马应彪夫人养护院"的老匾额（图8）。

> 马应彪夫人护养院（The Infirmary）由岭南大学首位华人校董、先施公司创办人马应彪先生以夫人霍庆棠的名义捐建，故称为"马应彪夫人护养院"，由上海布道团建筑师事务所设计师埃德蒙兹于1917年设计，落成于1919年。护养院专为师生而设，内设诊症、割症、看护、药剂、特别养病、普通养病各房室。1991年，马应彪之子马文辉先生捐资加建一层。
>
> 马应彪先生热心教育，对岭南大学资助尤多，除以其夫人霍庆棠的名义捐建了马应彪夫人护养院外，还单独捐建了马应彪招待室，与陈嘉庚、蔡昌等十名侨商共同捐建了十友堂。

（七）孖屋二、8号住宅

在马应彪夫人护养院的东侧，又是一栋孖屋形小红楼（241号）——孖屋二。在花园最深处、护养院的背后，还有一栋小红楼（240号）为8号住宅。

> 孖屋二（Semi-Detached Home No.2），该建筑为洛克菲勒基金会中国医业董事会捐建的三栋孖屋形教师住宅之一，落成于1920年。我国寄生虫学奠基人陈心陶教授曾在此居住。
>
> 8号住宅（Residence 8），为岭南大学时期编为8号的住宅，其建筑风格与模范村建筑相似，曾长期用作教师住宅。

（八）张弼士堂

主干道的西侧，位于大礼堂梁銶琚堂西南方不远处，有一栋中型体量的红楼（486号）张弼士堂（图9）。

当年康乐园中区和西区均为教工宿舍，学生们全部集中住在东区学生宿舍，唯有生物系男生孤零零地住在这栋被他们戏称为"西伯利亚"的"中四"宿舍楼里，"与世隔绝"。可以想见，大学四年，生物系的男生们无法体会到一日三餐、夜晚、节假日在东区学生宿舍区和四间学生饭堂所呈现的热闹景象和浪漫画面。不得不说，他们在美妙的大学期间，不仅损失了无数与本班女同学就近互动的机会，而且损失

◉ 图9　张弼士堂　　刘雨欣　摄

了与全校其他各系女生们"朝见口晚见面"的大好机会。幸好，班上的部分女同学还时常到"中四"探望"西伯利亚"的"流放者"们，与他们一起包饺子、打扑克、吹牛皮。

虽然老建筑的居住条件不甚理想，又远离学生生活的中心，但是多年以后，当他们得知曾经在文物中住过了四年，又觉幸福感满满了。

> 张弼士堂（Chang Hall），由上海布道团建筑师事务所设计师埃德蒙兹于1920年设计，落成于1921年。华侨实业家、张裕葡萄酒创始人张弼士先生的夫人张朱澜芝、儿子张秩捃按其遗愿捐赠7万元以建校舍，故堂名以张弼士之名命名。此外，还有其他金额较小的捐款者们。
>
> 1921年，岭南大学特设华侨学校以便海外华侨子弟归国读书，而后按年龄及学习程度分别转入大学或附中、附小正班。张弼士堂最初为岭南大学附属华侨学校校舍，教室、办公室、学生宿舍皆设于此，教职员亦多居于此。现堂匾"张弼士堂"为商承祚先生所题。

（九）怀士堂

主干道南段止于怀士堂，宽阔大道在此处一分为二，从大草坪的左右两旁变窄，继续向北延伸。

作为康乐园的标志性建筑，怀士堂矗立在中央大草坪的起点上，坐南朝北，红灰墙、翠蓝瓦，在绿树环抱中显得挺拔典雅；背立面外观呈不等边五边形造型，攒尖屋顶、斜面琉璃屋顶开三个八边形塔式气窗，其后还重叠了一大两小的中国式悬山屋顶的尖角，整个背立面敦厚结实、玲珑对称、古朴典雅（图10）。一排高大的大王椰子犹如画屏般屹立在其南边，大树下方的草坪中央矗立着孙中山先生手书的"博学、审问、慎思、明辨、笃行"的金字校训。

沿右侧主路继续北行，绕到怀士堂的正面，眼界豁然开朗，青翠宽阔的大草坪蔚为壮观，令人心旷神怡。怀士堂的正立面为哥特式双塔楼+中国式悬山屋顶的三层建筑，下有地下室。拾级而上，正中三开间为高两层的门廊，两侧塔楼高三层，塔楼两侧各伸出一层，台顶为露台。

◉ 图10 怀士堂原貌

整座建筑东西对称、错落有致，红砖外墙间以传统翠绿通花砖装饰，原灰砖砌就的"十"字图案散发着西方宗教气息，后改为菱形图案。首层大门台阶两侧原本各有石灯柱一根，上刻有"怀士堂"中英文字样，后被拆除。

> 怀士堂（Swasey Hall），又称小礼堂，这一幢融合了中西风格的建筑，是当年由美国克里夫兰州的华纳和史怀士公司的总裁安布雷·史怀士（机床和天文仪器生产商）出资为岭南学校修建的基督教青年会馆，1916年建成，为纪念捐赠者，命名为"怀士堂"，内设会友阅览室、游戏室、董事会议室、职员办事室，并兼做礼堂之用。
>
> 1923年孙中山先生与夫人宋庆龄到岭南大学视察，在怀士堂作长篇演讲，勉励青年学生"立志要做大事，不可做大官"，这句名言就嵌刻在怀士堂的正门口东侧。门前有一棵大樟树特别醒目，据闻，该樟树是陈炯明任广东省省长时，于1921年植树节（4月5日）来校视察时所种。

当年我们每天上课骑车途径小礼堂时，印象深刻的是从小礼堂顶层的校广播室大喇叭传出的《明天会更好》《弯弯的月亮》《走在乡间的小路上》等当年广为流传的港台流行歌曲，以及盛极一时的中山大学原创校园歌曲。

中轴线中段

（一）中区大草坪

中区大草坪（图11）无疑是整个康乐园设计布局的灵魂所在，通过大草坪这个核心景观骨架，校园的各类建筑依照轻重主次排布开来。紧贴中轴线两侧的，是一些体量较大，当年作为教室、科学馆等被称为"堂"的建筑；其外围是外籍教授、本国教授居住的称之为"屋"的建筑，作为信仰与生活必需的神甫居室、教堂及小憩的亭阁则穿插其中。

如此整饬、和谐的环境，是人类理性与深思熟虑之智识的外化成果。这种具有"高度秩序感"的造园风格，在法国巴黎的凡尔赛宫、枫丹白露宫，俄罗斯圣彼得堡的夏宫、叶卡捷琳娜宫，德国慕尼黑的

● 图11 中区大草坪侧景　　刘雨欣　摄

宁芬堡宫，瑞典斯德哥尔摩的皇后岛宫等大型宫殿、园林中随处可见。

而美国人最初在设计康乐园时，显然在中区也采用了欧式园林规整的造园思路，南北走向与东西走向的道路将康乐园的中区间隔成逐级向两边外展的整饬格局，使得主次分明的大小建筑得以有序地排布其间。

占地几十亩的中区大草坪，放眼望去，绿光氤氲，使人倍觉空灵清爽。当年读书的时候，我们看惯了这片大草坪，却不知道自己学校的草坪有多么珍贵，因为那时的我们还太年轻，没见过太多世面。春天的大草坪一片嫩绿，充满了勃勃生机，烟雨朦胧中，草尖带着露珠，草坪泛着点点银光,宛如仙境;夏日的夕阳斜照,树影落在地上,草色一边透明、一边浓绿;到了秋冬,草尖会带着点黄色,仿佛洒上了金粉。

当年每逢中秋月夜,小礼堂前的大草坪上,学生们纷纷自发拿出洗澡用的红塑料大桶,里面放着一根点燃的蜡烛,三五成群地围坐在草地上赏月"穷开心",红光点点,浪漫之极,也快乐之极。

除了中轴线上的大草坪,东侧的大草坪更加开阔,它避开了南来北往的行人、车辆与目光,偏安在绿树环抱的一隅,恬静而闲适。在阳光灿烂的晴朗冬日,学生们喜欢背朝阳光地坐在东侧大草坪上,晒着暖融融的阳光,或手捧书本静心阅读,或三两围坐闲话交流,或率性地躺在草坪上晒日光浴,不失时机地享受这片大草坪所赐予的美好生活。

(二)黑石屋、马丁堂

东侧大草坪的南边,一栋古雅的小红楼(306号)黑石屋掩映在绿树丛中,带有八角攒尖屋顶的小塔楼、半圆形彩色玻璃大窗门楣,是黑石屋的亮点。

> 黑石屋(Blackstone Lodge)由美国芝加哥伊沙贝·布勒斯顿(黑石)夫人捐建,初为岭南学校教工宿舍,后为岭南大学首任华人校长钟荣光寓所。
>
> 1922年6月18日,陈炯明叛变期间,钟荣光曾接宋庆龄于黑石屋避难。1923年12月21日,孙中山在岭南大学发表演讲,希望学生担负起建设民国的责任,"立志要做大事,不可做大官"。演讲后,孙中山到黑石屋与岭南大学师生代表谈话,抨击英、美干涉中国内政的炮舰政策。1988年,岭南大学香港同学会募款重修黑石屋。

东侧大草坪的北边,则是一栋方正朴实的大型红楼(334号)马丁堂(图12)。当年我们只知道这里是人类学系,门前坐东朝西的一尊大石狮子与众不同,它没有如寻常成对的石狮子那样摆放在堂前大门处,而是隔着道路被放置在大草坪边上,面向大草坪,默默地守望着草地上的人们。

◉ 图12　马丁堂　　刘雨欣　摄

　　马丁堂（Martin Hall）初称"东堂"，因其建设费用由美国董事会筹集，其中以亨利·马丁先生捐资最多，遂更名"马丁堂"。

　　该建筑是康乐园内第一栋永久性建筑，亦是中国第一栋钢筋混凝土混合结构建筑。其建筑特色是用很厚的砖石墙承重，楼层结构用工字钢密肋，中加混凝土或砖小拱。由此发端，康乐园内的岭南大学建筑便多以红砖绿瓦、中式屋顶和西式墙身的组合为其风格基调。

　　马丁堂初为岭南学堂主要的教学、办公场所，并长期用作图书馆馆舍。南面入口曾嵌有"MARTIN HALL"堂匾，现堂匾"中山大学人类学系"为费孝通先生所题。堂前的大石狮为岭南大学首任华人校长钟荣光先生于广州城内觅得，移入校园安置。

　　早年的马丁堂首层具有西方建筑特色的券廊，二、三楼有近两米宽的开放式走廊，后来均被封闭为窗户，失去了原有的风貌，令人遗憾。

（三）希伦高屋、麻金墨屋一号、格兰堂

东侧大草坪以东，有一小片浓荫密布的绿色高地，这里是康乐园内不可多得的岗峦——马岗顶的南坡。小高地上绿荫环拥，古老的香樟树犹如在绿草地上支起了一把把巨型天然绿伞，蛇形延展的黝黑树枝上长满了翠绿色的石韦，把古老与沧桑凝聚其间。

在这片小高地上，由南往北、从低向高、疏朗开阔地排列了三栋熠熠生辉的明星建筑：希伦高屋（305号）、麻金墨屋一号（309号）、格兰堂（333号）。

希伦高屋是一栋两层建筑，坐南朝北，北面两根洁白的古罗马式的塔司干柱子，承托着门廊上方的小露台，从大片清水红砖的格调中跳脱出来。南面上下两层的大走廊赏心悦目，尤其是一楼的五圆拱券典雅别致，浓郁的西洋格调呼之欲出。

> 希伦高屋由美国海伦·希伦高女士（Miss Hellen Gould）捐建。在该屋落成之后，岭南大学蚕桑科主任夏活先生（Dr.Harvey J.Howard）、古尔和冯世安等曾先后在此屋居住。1952年全国高等学校院系调整之后，数学系姜立夫教授，以及生命科学学院蒲蛰龙院士、江静波教授等知名教授都曾经入住此屋。

● 图13　早年的麻金墨屋一号

麻金墨屋一号位于小高地中部，该建筑于2009年11月12日辟为世界级学术大师陈寅恪故居，故现在的小楼前立了一座陈寅恪铜像。麻金墨屋一号别致的西侧门小阶梯显示小楼"依坡而建"（图13）。

麻金墨屋一号（McCormick Lodge No.1）由美国芝加哥麻金墨夫人捐建，落成之初为岭南学堂附属中学校长、岭南大学图书馆馆长葛理佩（Henry B.Graybill）的住宅。其后，周寿恺、陈寅恪、王起（王季思）、杨荣国、容庚、商承祚等多名学者亦曾在此居住。1953年夏至1969年春，麻金墨屋一号的二楼一直是陈寅恪先生的住所，《论再生缘》《柳如是别传》即在此完成。

小高地的北边，是一座庄严宏伟、气宇轩昂的重量级红楼（333号）格兰堂（图14），本就位于小山岗高处的楼堂，正门口还建起了直达二楼的大阶梯，颇具正宫大殿的庄严气派，而此堂亦是大学的最高行政机构办公楼。

格兰堂正面为拱券五进门面，大楼中式建筑的屋基、屋身、屋顶三段分明，屋基被巧妙地设计为地下工作室，屋顶为庑殿顶与歇山顶组合构成，龙吻主脊，糅合了西式建筑元素的大玻璃窗和攒尖顶的钟楼。

● 图14　格兰堂　　刘雨欣　摄

1916年6月落成的格兰堂（Grant Hall），是捐资者为纪念格致书院（岭南大学的前身）纽约董事局书记兼司库格兰先生而建。该楼一直是原岭南大学的行政办公大楼。格兰堂原为三层，20世纪60年代初加建了一层。

那时我们只知道"大钟楼"这个名称,每逢整点时分,楼顶的报时大钟便传出悠扬的钟声,为康乐园增添了一番古韵。当年的东侧地下室为教材科,我还记得刚进大学时,要到这里领教材,人还没走进去,就闻到了阵阵浓烈的印刷油墨味。大学教材与中学教材不同,几乎都是厚厚的大部头,装在书包里沉甸甸的。年轻的我,满怀雀跃之心,如饥似渴地翻阅着新教材,对将要学习的新知识充满了好奇与向往。毕业多年以后,当我再次步入格兰堂时,就不再是到地下室去领教材了,而是坐在三楼的办公室窗边与学姐一道饮茶叙旧。

(四)积臣屋、神甫屋、美臣屋二号

小高地以东,有一小块与英东体育馆接壤的区域,这里分布着三栋小红楼:20世纪80年代的校党委办公楼和孙中山纪念馆、岭南大学时期的积臣屋(308号,图15)和神甫屋(303号),还有一栋教授住宅楼美臣屋二号(304号)。

● 图15 积臣屋原貌

> 积臣屋（Jackson Lodge）由时任岭南学校董事会主席的积臣先生（Samuel Macauley Jackson）捐建，落成于1912年。积臣先生逝世后，董事会决议将此楼命名为积臣屋。积臣屋最初为岭南学校校长晏文士博士（Dr.Charles K.Edmunds）住宅，其后用作美国基金委员会办事所，1936年前后用作教务长办公室与西童学校。
>
> 神甫屋（Maryknoll House），又称马利诺堂，是康乐园内唯一由天主教会建造、用以传播其教义的建筑。最初的屋主人为岭南大学工学院工程力学课教师韩德礼（Joseph A.Hahn）和社会学系教师潘德民（George N.Putnam）两位神甫。1953年11月至1994年11月，该建筑改用作中山大学孙中山纪念馆。
>
> 美臣屋二号（Mason Lodge No.2），为美臣先生所捐建的两栋教师住宅之一，该建筑曾长期用作教师住宅。1936年前后，岭南大学历史政治系教授兼系主任包令留（Henry C.Brownell）在此居住。

（五）附属中学建筑群

与东侧大草坪遥相呼应的西侧大草坪，在20世纪80年代还是一大片红土排球场，晴天尘土飞扬，雨天泥泞积水。在中国女排的激励下，排球联赛成了当年中山大学最热门的全校性大赛。我们1984级生化女同学刚入学就一鸣惊人，在生物系排球联赛中获得冠军，同班的男同学虽然没什么战斗力，早已偃旗息鼓，但仍然在班长的带领下，用匙羹敲击饭盆，为女生们加油助威。多年以后，屈居亚军的1983级动专学姐提起当年的排球联赛时，还道出了颇为有趣的一幕："啊？原来我们是输给了你们班！我都不记得输给谁了，只记得我们班全体女生为了自我惩罚，晚饭都没吃，一起去走完了二沙岛。"

我随后入选生物系排球队，打副攻手的位置，随系队参加了学校的排球联赛。当年生物系的男排、女排均是劲旅，整个赛季我们总是一直打到最后阶段，因而1984—1987年的每个春季，我似乎都要在这片红土排球场上征战两个多月。

昔日的红土排球场变成了今日的西侧大草坪，四栋古旧的红楼（507号、493号、505号、501号）由西向东呈雁字形展开，南北各两

图16 原岭南大学附属中学第一寄宿舍（507号） 怡然春秋 摄

栋，南楼坐南朝北，北楼坐北朝南，建筑风格皆相似，曾是岭南大学附属中学的学生寄宿楼（图16）。

（六）史达理堂、十友堂

在中轴线的西侧，与马丁堂和格兰堂处于同一直线对称位置的两幢红楼分别为史达理堂（536号，图17）和十友堂（537号）。

> 史达理堂（Willard Straight Hall）因与"东院"马丁堂相对，故亦称"西院"。该建筑由美国史达理夫人和洛克菲勒基金会于1925年共同捐建。史达理堂为岭南大学理学院大楼，是岭南大学开办以来第一座真正的理科实验室，其一层为物理学系，二层为化学系，三层为生物学系，四层为植物标本室，地下室作储藏室。抗日战争时期，地下室曾改作临时课室。
>
> 十友堂（Ten Alumni Hall）由岭南大学10位校友各出1万元，并与数十华侨和商会共同捐建，故称"十友堂"。十友堂长期为岭南大学农学院大楼，20世纪30年代曾内设博物馆。

○ 图17　史达理堂　　怡然春秋　摄

　　依稀记得，大一和大二的时候，我们常常到化学楼和物理楼做实验，似乎就在这两个教学大楼里（记不真切了）。化学楼的气味永远很刺鼻，玻璃仪器琳琅满目。学期初，化学系的老师发给实验小组（学号接近的2人为一组）一定数量的玻璃仪器，到了学期末，损坏的玻璃仪器是需要赔偿的。一般小组的赔偿金额约莫在几角到几元之间，唯有最后一组（两位迷你型姑娘）的赔偿金额出奇地惊人，达33元之多。众人皆感疑惑，感情她们不是在做实验，而是在砸玻璃的？要知道，20世纪80年代初，头等助学金一个月才19元呀。赔偿还是次要的，化学和物理实验危险重重。一位女同学做化学萃取实验时，竟然将水注入浓硫酸中，顿时一大股反应液升腾而起，其手臂被灼伤了一大片，伤口愈合后仍留下了难看的疤痕。而我在做物理电学实验时，中指曾不慎被电流击出了一个圆柱形的小洞，深感后怕。

（七）惺亭、乙丑进士牌坊、八角亭

单檐八角攒尖顶的惺亭，是康乐园中轴线上的"点睛"之作，它正好位于中轴线的中央，向东通往大型现代建筑图书馆，向西通往古建筑乙丑进士牌坊和八角亭，形成一条东西走向的横轴线。

> 惺亭（The Xing Pavilion）又称钟亭、烈士钟亭，由岭南大学"惺社"毕业生为报本思源，纪念母校史坚如、区励周、许耀章三位烈士而筹资兴建，由美国建筑师墨菲（Henry Killam Murphy）于1928年设计，同年落成。古文字学家商承祚教授的题名，让惺亭文化价值倍增。

惺亭西面的横轴线上，有一座建筑风格十分特殊的乙丑进士牌坊。我们当年并没有见到过这个牌坊，2014年看见时，我觉得十分惊讶。查阅史料方知，这座历史悠久的古建筑是在我们毕业多年后的1999年，由岭南大学校友会捐资70多万元重修的。

> 乙丑进士牌坊建于明朝崇祯八年（1635），为表彰天启年间广东梁士济、李斯觉、罗亦儒、吴元翰、岑之豹、尹明翼、高魁等七位进士所建。该牌坊原立于广州四牌楼。20世纪40年代，广州市政府要拓宽该处马路，欲将马路上的5座牌坊移到风景区，岭南大学领迁了这座乙丑进士牌坊，原立于格兰堂西侧。"文革"期间，牌坊被毁，幸运的是大部分石构件保存了下来。
>
> 1999年修复后的牌坊由砂岩砌筑，三间、四柱、五楼石，各楼下的石制斗拱承托出檐，石额刻"乙丑进士"四字。现存的石牌坊构件用材硕大，有柱、梁坊、额坊、抱鼓石等。从现存的额坊残件上还可看到梁士济、李斯觉等七位进士的名字，额坊、抱鼓石等所刻的梅雀、万字纹和棱形图案等纹饰清晰可见。

穿过牌坊，沿着规整的小花园继续西行，可见一座重檐攒紫色尖顶的八角亭（542号）。

> 八角亭（Fruit Kiosk）由上海布道团建筑师事务所设计师埃德蒙兹（Jas. R. Edmunds Jr.）于1919年设计，同年落成。初为艺徒果店，以盈利用作岭南大学基督教青年会开办艺徒学校的经费。后因该店售卖熟食，影响环境卫生，1934年3月被学校收回，改办消费合作社。

中轴线北段

过了惺亭继续北行,热闹的气氛在这里渐渐归于平静,康乐园的版图在北部明显收窄。中轴线两翼以院系教学办公大楼为主,且多为现代建筑,早期的红楼古建筑点缀其间。

(一)爪哇堂、陆祐堂、哲生堂

中轴线北段的西侧,自南往北有三座大型红楼古建筑:爪哇堂(555号,图18)、陆祐堂(565号)、哲生堂(571号)。

● 图18 爪哇堂　怡然春秋　摄

> 爪哇堂（Java Hall）由上海布道团建筑师事务所设计师埃德蒙兹于1918年设计，于1920年动工。1919年，时任岭南大学副监督的钟荣光先生赴印度尼西亚爪哇各地向华侨募捐建造大学宿舍的经费，得到当地华侨的鼎力支持。岭南大学为纪念爪哇华侨对大学教育事业的热诚相助，遂将其命名为爪哇堂。现堂匾"爪哇堂"为容庚先生所题。爪哇堂初为第一寄宿舍，与荣光堂（第二寄宿舍）、陆祐堂（第三寄宿舍）同为岭南大学寄宿舍。
>
> 陆祐堂（Luk Yau Hall）由美国建筑师墨菲（Henry Killam Murphy）于1930年设计，落成于1931年。该堂由黄容康、黄容章兄弟捐助大部分建筑经费，其余款项由学校筹措基金委员会筹集。初拟以黄氏兄弟之父黄汉秋之名命名为"汉秋堂"（Han Chiu Hall），后改以黄汉秋养父"陆祐"命名。现堂匾"陆祐堂"为商承祚先生所题。
>
> 哲生堂（Chit Sang Hall）由国民政府铁道部拨款建设，由美国建筑师墨菲于1930年设计，落成于1931年8月。为感谢国民政府铁道部部长孙科的鼎力相助，以其字"哲生"命名。
>
> 孙科为孙中山先生之子，与钟荣光交谊深厚。1927年岭南大学收归国人自办，孙科出任第一届校董会主席。1929年，国民政府铁道部为培养铁路及公路专门技术人才，委托岭南大学筹办工科学院，双方订立条约十则，规定学院名称、性质、地址、经费等事宜。哲生堂初为岭南大学工学院大楼。1948年前后，顶楼设有自然博物馆。现堂匾"哲生堂"为商承祚先生所题。

哲生堂与陆祐堂的建筑设计均出自美国建筑师墨菲之手，风格十分接近，为古典复兴主义时期的代表建筑，融入了较多的中国古典建筑元素。

（二）荣光堂、马应彪招待室、卡彭特楼

中轴线东侧与哲生堂遥相对应的红楼为荣光堂（350号）。21世纪初，我在管理学院攻读MBA学位的三年间，对紧邻善思堂（管理学院MBA大楼）的荣光堂是再熟悉不过了。那个时期，荣光堂的西餐厅成了MBA同学们休憩茶聚的好去处。

荣光堂（Wing Kwong Hall）由埃德蒙兹和尤茨（Philip N.Youtz）于1921年设计，落成于1924年。20世纪70年代加建一层。鉴于尔时学生渐多，原宿舍已不敷用，岭南大学学生自发利用假期于省港等地募款，历时两年，得到莫干生、林植豪等一批岭南大学校友资助建成。为纪念第一位华人校长钟荣光博士，命名为"荣光堂"。

在中山大学管理学院的北面，还有两栋古建小红楼，它们分别是位于中轴线东侧路边的马应彪招待室（388号），和位于善思堂东面松园湖畔的卡彭特楼（378号，图19）。我在管理学院上课期间，对这两栋红楼也是"朝见口晚见面"的相当眼熟。

● 图19　卡彭特楼　　怡然春秋　摄

马应彪招待室（Guest House），又称马应彪招待所，由岭南大学首位华人校董、先施公司创办人马应彪先生捐建，由上海布道团建筑师事务所设计师埃德蒙兹于1918年设计，落成于1922年。1989年，马应彪之子马文辉先生捐资加建一层。

马应彪先生热心教育，对岭南大学资助有加，带头捐建马应彪招待室，开创独资捐建整座建筑之先河。此外，马应彪还以其夫人霍庆棠的名义捐建了马应彪夫人护养院，与林护、蔡昌等十名侨商共同捐建了十友堂。

马应彪招待室落成时为"最新最靓的招待室"，内设办公室、会客厅、客房。后曾用作岭南大学单身教员宿舍。现堂匾"马应彪招待所"为商承祚先生所题。

卡彭特楼（Carpentier Hall），又称旧女学，美国纽约豪拉斯·卡彭特将军给学校董事会留下2.5万美元遗产，以表彰在林德安（Dr.Andrew H.Woods）领导下出色的医疗工作。岭南学堂遂买地兴建医院楼。该建筑由美国纽约斯道顿建筑师事务所于1910年设计，落成于1911年。

卡彭特楼曾用作女生第一宿舍，相对于后来兴建的新女学（"广寒宫"）而称旧女学。岭南大学早在20世纪初即开中国近代教育男女同校之先河，尚未专设女生宿舍时女生则寄宿于钟荣光先生寓所，后建有旧女学、新女学以供寄宿。卡彭特楼于1934—1936年前后用作岭南医院护士学校，其后又用作教师宿舍；植物学家、学部委员陈焕镛创办的植物研究所曾设于此。

（三）附属小学建筑群、方亭、陈嘉庚堂

在荣光堂的东南面，为附属小学建筑群（339～346号），由8栋楼和1座方亭构成。其中，东北区339～345号共7栋楼呈南北走向阶梯斜列；东北区346号落成年代稍晚，与方亭均位于斜列以西。

附属小学建筑群（Primary School Group）的建设费用基本为向华人募捐所得，先后落成于1915—1930年间。岭南大学附属小学前身为蒙养学塾，1908年由岭南大学基督教青年会同学司徒卫创办，至1911年正式成立，校址原设于附近乡村。1914年，小学转交岭南大学接办，后正式迁入康乐园，建筑皆按照教学和师生基本生活需求设计。除东北区341号陈嘉庚堂和346号外，该建筑群其余6栋皆坐北朝南，整体设计基本相似，每栋楼为一个年级学习、食宿之所。

斜列中的第二栋（341号）为陈嘉庚（纪念）堂（图20），这是一栋重檐综合歇山顶的红楼古建筑，这种等级样式的屋顶，按中国的传统习惯，体现的是端庄大气、高贵典雅。堂前原嵌有"陈嘉庚堂"石匾，后遭损毁；现堂匾"陈嘉庚纪念堂"为商承祚先生所题。

● 图20　陈嘉庚（纪念）堂　　怡然春秋　摄

> 陈嘉庚堂是由上海布道团建筑师事务所的埃德蒙兹于1918年设计，用作岭南大学附属小学礼堂，以爱国华侨领袖陈嘉庚先生之名命名，落成于1919年6月。

马　岗　顶

（一）清幽深邃杜鹃园

马岗顶是康乐园里的一个小山岗，以格兰堂和图书馆为界，以东的大片密林，古木参天，浓荫覆地，红楼掩映，曲径通幽。

当年读本科的时候，我的自习时间全部都是在马岗顶西部的图书馆里度过的，清幽深邃、静谧古雅的马岗顶在我的大学岁月中留下了难以磨灭的美好印象。每年三四月间，广州潮湿的天气令人困窘难耐，唯有图书馆门前大斜坡上红彤彤的大片杜鹃花海，能够让我每年都期盼着春天的来临。记得那时格兰堂东侧山坡上的杜鹃花树还普遍低矮,只有齐腰的高度,多年以后(2015年),当我重返康乐园时,惊喜地看到它们已经长得那么高了。

自1948年时任岭南大学校长的陈序经亲自在马岗顶上栽种了第一批红杜鹃起,半个多世纪以来,每年春天,都有数百丛白色、官粉、大红、深红的四色杜鹃将这片郁郁葱葱的小山岗染红。

大学本科四年间,我们每天晚饭后从东区学生宿舍到图书馆自习,沿着学生二饭堂南侧的一条小路捷径西行,穿过马岗顶的密林区,便可直抵西部的图书馆。

这片密林区地势起伏,阡陌纵横,小道两旁栽种着高高的棕榈树、柠檬桉、荔枝树,还有许多低矮的灌木和地被植物,影影绰绰的小红楼掩映在茂密的绿树间,早年洋教授住宅群就坐落在这片山岗林地之间。

(二)美臣屋一号、白德理屋、惠师礼屋、屈林宾屋

在我们每天行走的这条捷径的北侧,分布着四栋文物古建筑:美臣屋一号(319号)、白德理屋(324号)、惠师礼屋(332号,图21)、屈林宾屋(329号)。

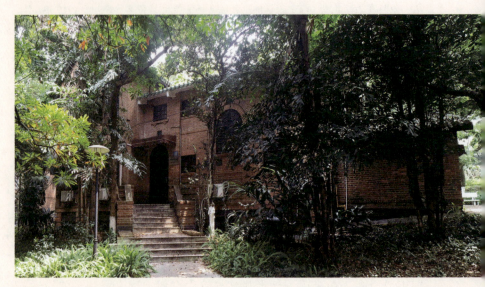

● 图21 惠师礼屋　怡然春秋　摄

美臣屋一号（Mason Lodge No.1）为美臣先生所捐建的两栋教师住宅之一，落成于1919年。美臣屋一号曾长期用作教师住宅。1949—1964年，曾任岭南大学校长、中山大学副校长的陈序经先生在此居住，《陈序经东南亚古史研究合集》亦在此完成。

白德理屋（Bradley House），又称白德理纪念屋，由白德理先生为纪念其妻子Lois Gates Bradley而捐建，落成于1927年前后。白德理屋初为单身女教工宿舍，其后曾长期用作教师住宅。

惠师礼屋（Wesley House），由英格兰惠师礼循道会捐建，落成于1924—1925年间。初为惠师礼循道会派至岭南大学的李富士先生（Ronald D.Rees）的住宅，其后曾长期用作教师住宅。

屈林宾屋（William Penn Lodge），又称威林宾屋，为岭南学校嘉惠林医生（Dr.William W.Cadbury）同乡好友、来自美国宾夕法尼亚州的屈林宾先生（William Penn）捐建，落成于1914年。初为嘉惠林医生的住宅。其后曾长期用作教师住宅。

（三）伦敦会屋、宾省校屋、韦耶孝实屋

在小路的南侧、紧邻图书馆的位置，分布着三栋文物古建筑：伦敦会屋（316号）、宾省校屋（317号，图22）、韦耶孝实屋（318号）。

● 图22　宾省校屋　　怡然春秋　摄

> 伦敦会屋（London Mission Lodge）为英国伦敦布道会所捐建，以供该会派来岭南学校任职者居住，落成于1916年。伦敦会屋初为岭南学校副监督、宗教主任白士德（Alexander Baxter）所居住。岭南大学为非教派性学校，未曾受某一教会的固定支持，曾有多个教会派教员来校任教。中山大学原校长黄焕秋曾在此居住。
>
> 宾省校屋（Penn State Lodge）由曾任岭南大学农学院院长高鲁甫（George Weidman Groff）的母校美国宾夕法尼亚州立大学的同学及学生所捐建，落成于1920年。初为高鲁甫住宅。高鲁甫于1908年被其母校派往岭南学堂，后任岭南大学农学院院长，对岭南大学农科发展与校园园林规划有巨大贡献。1952—1969年，著名教育家许崇清在此居住。许崇清曾参与筹备创建并三度执掌中山大学，其晚年论著《人的全面发展的教育任务》在此完成。
>
> 韦耶孝实屋（Weyerhaeuser Lodge）由美国韦耶孝实夫人捐建，落成于1916年。初为岭南大学文理学院院长梁敬敦住宅，其后曾长期用作教师住宅。

（四）高利士屋、孖屋一、何尔达屋

中山大学是20世纪80年代初最早建成标准塑胶网球场的高校，一号网球场位于霍英东体育馆东侧，后来才建成的二号网球场则位于马岗顶东南部。

那个年代会打网球的男生本来就不多，女生就更是少之又少。我在体育课中选修了网球，某日偶尔被网球俱乐部的创办者路过球场时相中，遂成为中山大学网球俱乐部最早的校队女队员（仅4人）之一。

就在二号网球场的南面，有一条小路直通格兰堂，我第一次看见这条小路时，就深深地爱上了它，如此的清幽静谧，洁净雅致，完全契合了我理想中的散步小径。每当在图书馆自习倦乏时，我都会来到这条小路散步，听鸟儿啼啭，路旁小红楼的花园绿篱打理得井井有条、整洁美观。

后来读研的时候，二号网球场也建成了，这条小路对我而言就更加熟悉了。只是到了如今才知晓，小路南侧的这三栋极富特色的小红楼，全都是文物：高利士屋（313号）、孖屋一（312号）、何尔达屋（311号，图23）。

● 图23　何尔达屋　　怡然春秋　摄

　　高利士屋（Coles Lodge）由美国艾克曼·高利士医生（Dr.J.Ackerman Coles）捐建，美国纽约斯道顿建筑师事务所设计，落成于1913年。原为岭南学校校医兼副监督、后任副校长的林安德医生（Dr.Andrew H.Woods）住宅。1931年前后，曾任岭南大学校长、监督的香雅各博士（Dr.James M.Henry）曾在此居住。2001年，学校斥资，并得香港杨雪姬女士资助修复。

　　孖屋一（Semi-Detached House No.1），原35—36号住宅，现东北区312号。该建筑为洛克菲勒基金会中国医业董事会捐建的三栋孖屋形教师住宅之一，落成于1919年。原楼房为两层结构，设有地下室和阁楼，该孖屋东、西各有一个烟囱，坐南朝北，东西各有楼梯。当年为教师住宅，现为中山大学智能交通研究中心办公用房。

　　何尔达屋（Holt Residence）由岭南大学美籍教员何尔达（Alfred H.Holt）之父捐建，落成于1921年。初为何尔达住宅，1930年何尔达任教期满离开后，遂长期作为岭南大学化学系教授兼理工学院院长富伦（Henry S.Frank）的居所。

（五）马岗堂

前述的洋教授住宅楼均位于马岗顶主干道的东侧，还有一栋位于马岗顶主干道西侧、图书馆北面的小红楼（338号）——马岗堂。

马岗堂（Lingnan Chapel），又称马岗顶礼拜堂、岭南礼拜堂、新教堂，该建筑由岭南社团及海外友人捐建，落成于1936年。马岗堂初为基督教小礼拜堂，大学晨会亦在此举行。

东　区

东区是学生宿舍的聚集区，仅学生饭堂就有四个，可见学生人数之众多。学生宿舍更是鳞次栉比，几乎都是现代建筑。记得我们生物系女生前三年（1984—1987）住在"东10"，最后一年（1987—1988）与全校女生一同搬进了新建的封闭式女生公寓"东22"。

在这一片现代学生公寓群里，有两栋古老的红楼建筑夹杂其间：翘燊堂（116号，图24）和文虎堂（118号），它们的东侧紧邻学四饭堂，西侧紧邻园东路。待到我读研究生的时候，全校女研究生们则一律住在"广寒宫"（210号）里，这也是康乐园中相当耀眼的一座红楼古建筑。

● 图24　翘燊堂　　怡然春秋　摄

（一）翘燊堂、文虎堂

> 翘燊堂（Kiw San Hall）由李翘燊捐建，落成于1933年。1931年前后，岭南大学为解决附属中学校舍紧张问题，决定筹款兴建新中学，先后建成5栋建筑，形成新中学建筑群。现存3栋，其余2栋分别为文虎堂、中学新教室（园东区110号）。翘燊堂坐北朝南，为三层建筑。楼匾"翘燊堂"三字为南海冯愿于1934年10月题写。
>
> 文虎堂（Boon Haw Hall）由新加坡华侨胡文虎兄弟捐赠，落成于1933年。1951年曾更名为仲恺堂，1981年恢复原名。文虎堂坐南朝北，原为三层建筑，1947年加建一层。楼匾"文虎堂"三字为南海冯愿于1934年10月题写。

（二）新女学

新女学位于沙岗小丘陵顶上，这座恢宏的中国宫殿式建筑坐南朝北，东、西、北三面为开阔的草坪斜坡，四周古木参天、浓荫蔽日，一条长长的上坡引道直通其正殿门廊（图25）。

新女学意境幽深。20世纪80年代时的研究生已是凤毛麟角，作为广东第一名校的中山大学，当年的女研究生就更为珍稀了，人间的

● 图25　1936年，在新女学宿舍前合照之女学生

红楼掠影

象牙塔尖还不足以容纳她们，唯有"天上宫阙"才可以。因此，新女学又有"广寒宫"这一为人熟知的俗称。站在长坡底下流连忘返的仰望者，竟不知是为这"月宫"的巍峨所倾倒，还是被宫中的"仙女"所迷倒。

"广寒宫"是一幢中西合璧的宏伟古建筑。在中式门楼的正门两侧，镶嵌着十条红柱，屋顶为重檐式绿色琉璃瓦覆盖，室内最醒目的是直通三层楼的八条灌顶朱红柱子，这些都构成了典型的中式宫殿建筑特点；而红色的砖墙和高耸的烟囱，则是明显的欧式建筑特征。

> 新女学（New Girl's Dormitory），又称"广寒宫"，由广东信托公司建筑师黄玉瑜于1929年设计，同年落成。岭南大学早在20世纪初即开中国近代教育男女同校之先河。随着女学生人数日渐增多，旧女学卡彭特楼已难以容纳，故筹款兴建新女生宿舍，相对于之前的"旧女学"而称"新女学"。新女学由岭南大学美国基金会向美国友人募捐，钟荣光校长亦在广东发动华人妇女认捐，共同筹建，其中约半数建筑费用由美国新泽西州柯兰城（Orange Wing）捐出。

1988—1991年读研期间，我曾住过"广寒宫"的209和210房间。"广寒宫"每层楼的南北两侧各排列10个约莫50平方米的宽敞房间，中间一条长长的走道贯穿东西。当南北两侧的房门紧闭时，唯有走道两端那相隔甚远的窗户还微微透着亮光，整栋大楼显得幽暗深沉，果然"广"而"寒"。

房间内，沿东西两侧墙边各设4个床位，4张配套的大书桌则因地制宜地安放其间。研究生宿舍显然比本科生宿舍的规格提升了档次，没有了双层落架床，高度空间更为敞亮；少了书桌数目，平面空间更为从容。我的宿舍房间朝南，两扇大窗户几乎替代了整面南墙，颇有西式洋房的大格局，令房间的视野敞亮；向外延伸的重檐式宽大屋顶，超出建筑墙体约莫2米的宽度，在窗外形成一块可遮风挡雨的晾晒衣服的空间，安全而通风，对女生而言，真是美妙之极。

景致如此优美、占地如此阔绰、建造如此宏大的学生宿舍，在康乐园，唯"广寒宫"独尊。夏日里，宽阔的大斜坡草坪上，萤火虫星光点点。北面隔着贯通校园东西方向的主干道——康乐路，与景色优美的东湖遥遥相望，大道两旁栽种着葱茏茂盛的紫荆花树；向西延伸到东大球场的路段,则变成了一大排笔直高大的大王椰子。

我们在东大球场也留下了美好的回忆。1985年中山大学61周年校庆田径运动会上,我们生物系1984级的6位女生担任中山大学校旗的升旗手,可见当年的生物系不愧为中山大学的王牌大系。

西 区

对于西区,当年的我们也并不陌生。刚刚考上中山大学,我们就被安排在西大球场参加为期两周的军训。在最后的实弹射击环节,每人发射五发子弹。两位深度近视的女同学倒成了"神射手",毫不费力地打出了接近50环的惊人成绩。更有一位急性子的女同学,只扣了一下扳机,枪膛中的五发子弹便一股脑地连发出去,吓得她不知所措,一迭声地大声叫唤起来。

随后的一年间,我们还在西大球场上了整整一年的体育课。每年生物系的田径运动会也是在西大球场举行的,我参加了跳高、跳远和4×100米接力三项比赛,是生化班总分的进账大户。

就在西大球场的东北方向,一直向北延伸至十友堂的区域内,现今还保存着十几栋模范村建筑群,它们是当年岭南大学中国教授居住的住宅群。相比于马岗顶的洋教授住宅,中国教授的村屋显然简朴多了,仅凭硬山顶式的屋顶便一目了然了(图26)。当年偶尔途经此地,感觉林木繁茂,不似现今这般疏朗整饬。

模范村建筑群(Permanent Model Village),以校友捐赠与学校拨款相结合的方式兴建,作为岭南大学中西教员住宅,于1915—1930年间先后建成十余栋村屋。据文献记载,模范村每栋建筑成本基本不超过万元,"而屋有两层,上为宿所及露台,下则客堂、膳室、浴房、厨所、储藏室皆具。屋外留地数弓,花圃菜畦,随意开辟。将来拟建筑十间为一列,屋之距离各数丈"。因其代表当时教师住宅的小洋楼模式,故名曰"模范"。

至20世纪60年代,模范村一直是康乐园内教职员住宅区。现存13栋(509、510、513~515、517~524号),其中524号的孖屋形住宅,因岭南大学校董马应彪捐赠部分建设费用,故曾名"马应彪屋"。513号曾为岭南大学附属中学主任及港沪等地分校校长司徒卫居所。

● 图26 模范村屋之一　　刘雨欣 摄

此外，在模范村的西北方，还有一栋非常不起眼的红楼古建筑（546号）——农事职业科宿舍。

> 农事职业科宿舍（Workman Agriculture Dormitory），又称农部工人住所、自然博物采集所，原51号附属建筑，现西北区546号。该建筑落成于1920年。
>
> 农事职业科宿舍最初为农场工人宿舍，其后曾在此开办教育学系试验班。1932年，岭南大学理学院成立自然博物采集所，该建筑曾用作自然博物采集所的研究和标本室。

结 束 语

生活提供的每一个形象，都给我们带来了多重的各不相同的感受，因为"现在"就充满了"过去"。

当我们漫步在康乐园中，那无数被光影涂抹的红墙绿瓦，如同多重油彩描绘的巨幅油画，又如多重影像叠加的电影胶片，在有限的静态空间景物中，承载了无限的动态人物活动，如此鲜活、具象，充满活力。

每一个空间所在，我们既看到了自己的"过去"，更看到了无数久远的"过去"。这些沉淀了岁月沧桑的古老红楼，默默地讲述着一代又一代学人的动人故事，描绘着他们的似水年华。

当我们发现一个事物背后有着独特的故事，我们就开始看到了这个事物的美；当我们找回逝去的"时间"，一整段"过去"又成了一整段"现在"。

这样的时刻，便实现了艺术的永恒。

2020年9月15日
于广州·怡然阁

注：文中旧照片源于中山大学档案馆；建筑简介整理自刘春萍《重构岭大建筑发展史——原岭南大学私人捐赠楼屋史料综述》[载《中山大学学报（社会科学版）》1998年第4期]和陈洋《中山大学校园传统建筑风格评析》[载《中山大学研究生学刊（自然科学、医学版）》2005年第3期]。

中大红楼遐想：概念、历史与精神

陈长安

随着《康乐红楼》《红楼叠影》《印象·中大红楼》等书的出版，"中大红楼"的概念越来越深入人心，大大激发了中大人的爱校热情和荣誉感、归属感，成为校园文化建设的"现象"和"事件"。然而，美中不足的是，《康乐红楼》《红楼叠影》没有涉及抗日红楼和1952年全国高等学校院系调整后人民中大在康乐园建的红楼；《印象·中大红楼》着重介绍岭南大学在康乐园建的红楼，对北校园红楼也有专门介绍，但较少涉及《红楼叠影》中介绍的文明路、石牌校园的红楼。有鉴于此，笔者不揣浅陋、抛砖引玉地反思其概念，追溯其历史，理解其精神，以便更好地理解"中大红楼"，为校园文化建设服务。

先从概念来看，中大红楼，顾名思义就是中山大学的红楼。红楼，一般指红砖楼，也指以红砖为主或兼有红砖、红瓦、红色等元素的楼，在个别宽泛意义上则泛指或代指中山大学的建筑。此点问题不大。

而中山大学，在现实和空间维度上，有"三校区五校园"，即广州校区南校园、北校园、东校园，以及珠海校区、深圳校区。借鉴北京"三山五园"之说，可简称为"三区五园"。那么，从这个角度来看，三区五园的红楼都属于中大红楼。《印象·中大红楼》重点谈南校园红楼（图1），个别谈到北校园红楼，这恐怕也是目前很多中大人对中大红楼的印象。那么试问：东校园红楼是不是中大红楼呢？珠海校区的呢？深圳校区的呢？

◉ 图1　南校园红楼　　姚明基　摄

　　从历史和时间维度上，中山大学也有"三区五园"。三区即广州校区、澄江校区、粤湘校区（或称坪梅校区，以抗日战争期间主要在广东省的二、三迁校本部简而合称命名），五园即文明路创校校园（广东府学所在地及中山大学发源地）、石牌永久校园（邹鲁校长遵中山先生遗嘱而建）、抗日战争期间一迁澄江校园（当时全校分散在云南澄江县各地办学）、抗日战争期间二迁坪乐宜乳校园（其时学校总部、研究院、先修班、文学院、理学院、工学院在坪石镇，医学院在乐昌县城，法学院、师范学院在乳源县，农学院在湖南宜章县。鉴于坪石镇的本部地位，将之与其他县并称且置于首）、抗日战争期间三迁梅蕉五兴龙连仁校园（此次突围办学之状况最为惨烈，其时校本部、研究院、文学院、理学院、医学院、先修班、师范学院附属中学等在梅县，法学院在蕉岭县，农学院在五华县，工学院在兴宁县，师范学院在龙川县，连县组成分教处本部及文学院、法学院、理学院、工学院、师范学院、医学院、农学院在连县，仁化县分教处在仁化，故将各地简而合称命名。此时期的校园名称虽然过长，但对提醒师生勿忘国耻、振兴中华非常有必要）。那么试问：历史上的"三区五园"红楼是不是中大红楼呢？

● 图2　康乐园新修之中山楼　瞿俊雄　摄

从建设主体而言，中大红楼有的为中山大学所建，有的为中山大学所借用，有的因历史风云际会为中山大学所有，都承载着不同的精神。厘清中大红楼的概念，追溯中大红楼的历史，才能更好地理解中大红楼的精神。

许多中大人以康乐园早期红楼为中大红楼，很大原因是自全国高等学校院系调整以来，中山大学校本部位于康乐园，而康乐园历史最悠久的建筑为岭南大学早期所建，系省级文物保护单位。吾身安处是故乡，重视康乐园红楼理所当然。只是，在讨论中大红楼时，岭南大学康乐园红楼本身的历史演变，尤其是收回教育自主权之后的中国化（或教会大学的"本色化"）过程，以及中山大学入驻康乐园后建的红楼，也应关注。

既然目前很多中大人的红楼印象聚焦于康乐园早期红楼，不妨从康乐园红楼谈起。为体现中山大学校史主线和叙述方便，期间穿插两个连接起中山大学历史校园和现实校园的建筑：中山楼（图2）和中山先生铜像。

康乐园有一座仿文明路创校校园钟楼而建的中山楼，昭示着不忘初心。文明路创校校园原为广东贡院，清末兴办新学时成为两广优级师范学堂校址。两广优级师范学堂而国立广东高等师范学校而国立广东大学,是中山大学文理学科的主要源头。因此,文明路校园建筑也可视为中山大学所建。目前仅存的贡院遗址是建于康熙年间的明远楼。两广优级师范学堂建筑仿东京高等师范学校而学欧美,钟楼、东西堂多覆红瓦,自然也有不少西式建筑常见的拱廊、拱门、拱窗。这个校园是千年广东府学现代转型的见证,也是广东高等教育的发源地。如果说明远楼等贡院红楼代表传统教育精神,师范学堂红楼则代表近代学习西方教育以救亡图存的教育救国精神。国共合作期间召开的国民党"一大"及中山先生手创"一文一武"两校,又赋予文明路红楼特别的革命精神。因而,文明路校园红楼代表传统教育精神、教育救国精神和革命精神。从文明路到康乐园,从钟楼到中山楼,中大初心薪火相传。

康乐园中心奉置着一座中山先生铜像,这是石牌永久校园在康乐园唯一的建筑实物和最主要的象征。石牌永久校园由中山先生亲自择址,邹鲁校长奉命主持兴建。石牌校园舍弃了两广优级师范学堂建筑学习西式建筑风格的方式,以中山先生铜像、礼堂居中,位于南北中轴线顶端的农学院效法古代最高学府辟雍,其他各学院在中轴线两侧,整体规划呈钟形。恢宏大气的中国宫殿式建筑群巧妙吸收西方元素并将其置于中国风格的统摄之下,地名命名用祖国名山、名水和行政区划以"使入本校者,悠然生爱国之心,即毅然负兴国之责"(邹鲁校长《国立中山大学新校舍记》),彰显民族自尊、文化自信和爱国精神,是近代中国大学校园建筑的杰作,也是中山大学校园建设的典范。其中,法学院正殿重檐庑殿顶,配殿单檐歇山顶,前有日晷台,借传统建筑最高规格的屋顶彰显"树一最高学府,以救中国、救民族"(邹鲁校长《国立中山大学新校舍记》)的中大使命。文学院、南门牌坊等建筑,在坚持民族主体和文化自信的前提下,巧妙吸取西方建筑元素。与文明路校园不同,石牌校园的各学院建筑大多采用中国宫殿式建筑风格,很少见西式拱廊、拱门、拱窗;中山择址、中山遗嘱、中山先生铜像居中,代表石牌红楼的中山精神;建于1931—1937年之间、建筑形式彰显民族风格,代表石牌红楼的民族精神;使人生爱国之心、负兴国之责的用意,以及"救中国、救民族"的使命,代表石牌红楼的爱国精神。从石牌到康乐园,中山先生铜像为中大人守护着石

● 图3　石牌沦陷时的中山先生铜像（明信片）　　　陈长安　摄

牌红楼的中山精神、民族精神和爱国精神。

这尊中山先生铜像在抗日战争期间未能随校迁徙，目睹了"皇皇黉宫，石牌广宅，倭寇来侵，遂沦夷狄"（吴康《本校成立十五周年祝辞》）的国殇校耻，与坚贞不屈的中大人相守相望，共奏光复凯歌。图3即为笔者拍摄的日本侵略者所制明信片。

抗日战争期间，中山大学辗转三省十一县办学，期间借用大量庙宇、祠堂、民居办学，也在坪石建设若干校舍。其中，不乏红色的楼，如澂江许崇清校长办公室普福寺等，可谓红楼。不仅如此，中山大学所有的抗日校舍，都可称为中大抗日红楼，因为中大人坚贞不屈的意志和殉国师生的鲜血染红了她们。中大抗日红楼，除一迁澂江校园有纪念馆和文物保护碑外，二迁坪乐宜乳校园、三迁梅蕉五兴龙连仁校园的红楼，清理、保护力度都非常不够。然而，其学术抗日的报国精神，中大人岂可忘怀？此外，岭南大学抗日战争期间也辗转香港、坪石、曲江、梅县等地办学，如果当年康乐园的岭南大学红楼今天被中大人倍加珍惜亲切地称为"中大红楼"，那么试问：岭南大学抗日红楼是否也应视为中大红楼呢？其学术抗日的报国精神是否也应为中大人铭记呢？

下面回到康乐园里的岭南大学红楼。

岭南大学作为著名教会大学，在康乐园建设的红楼，贯穿着宗教精神。举其要者，如从北门到怀士堂与从八角亭到马岗顶的轴线形成十字架，附属中学第四寄宿舍等墙体装饰有多种形态的十字架，怀士堂正门口两个台座上原有大十字架，怀士堂、马岗堂、神甫屋等是教堂或有教堂功能，兼有力学、美学、宗教等含义的顶部半圆形或弧形拱廊、拱门、拱窗使用比较普遍，等等。这些历史事实应辩证地看待。中山大学不因入驻岭南大学校址就由公立综合性重点大学变成教会大学。中山大学对岭南大学的红楼应采取实事求是、一分为二的态度，吸取其中国化和现代化精神的积极、有益方面。事实上，随着中国化的推进，岭南大学红楼的宗教元素的表现逐渐淡化。从扎根中国大地的角度看，岭南大学红楼大致经历了两个时期：一是教育自主权不在我的中国化起步时期，二是教育自主权收回后的中国化探索、成熟时期。中山大学入驻康乐园以后建的红楼，大致可以分为改革开放前和改革开放后两个时期。以下简要探讨这四个时期的康乐园红楼。

岭南大学红楼的中国化起步期本着"孔子加耶稣"的思路，具有鲜明的宗教特征并探索运用中国元素。中国元素最明显的表现为中式屋顶，但是比较僵硬，屋顶基本是平面或弧度较小，鲜有"如鸟斯革，如翚斯飞"之感。从这个时期起，岭南大学红楼较多使用先进的建筑技术。同时，岭南大学也积极教授西方先进科学知识以更好地为国人所接受，这些都体现出其现代化精神。值得一提的是，这个时期的怀士堂，因中山先生的著名演讲，而被赋予"做大事"的精神。

收回教育自主权之后，岭南大学在中国教育部门备案，校长由中国人担任，不再设宗教必修课，康乐园红楼中国化加速，从陆祐堂、哲生堂到"广寒宫"，标志着其中国化探索的成熟。三座建筑均采用中国宫殿式屋顶和立柱，其屋顶不同于起步时期的平面屋顶，而是体现天人合一等中国哲学的曲面屋顶，风格更加中国化。陆祐堂、哲生堂为单檐歇山顶，"广寒宫"为重檐歇山顶。从朱柱看，陆祐堂近乎一半悬空，哲生堂更进一步接近地面，直到"广寒宫"才着我中华大地。从拱廊、拱门、拱窗看，陆祐堂东西两侧第一层形似拱廊，当中为拱门，旁为拱窗，北南正门为拱门，旁为方窗，最外侧为小拱窗。哲生堂东西两侧第一层均无拱廊、拱门、拱窗，北南正门为拱门，窗为方窗，明显看到拱廊、拱门、拱窗的弱化、淡化趋势。"广寒宫"北南正门已经不是拱门，东西则采用中式门楼，也不是拱门。拱窗仅仅体现在北南面和东西面最两侧的小窗上，可以视为象征性存留。"广寒宫"借地势筑台基，兼具台基、立柱、屋顶等中国宫殿式建筑元素，为岭

● 图 4　物理楼的屋顶是康乐园少有的庑殿顶　　瞿俊雄　摄

南大学校园建筑中国化的顶点，标志着岭南大学校园建筑从中国化起步期经探索过渡到成熟期中国化转变的历史完成。"广寒宫"之后的岭南大学红楼大多采取成熟中国化的形式，如翅燊堂、文虎堂、神甫屋等，很难见到顶部呈半圆形或弧形的拱门、拱窗，个别化为平拱。神甫屋外观很中国化，内部礼堂仍用顶部呈弧形的拱廊，后墙上镶嵌一个半圆拱形。可见，岭南大学即使在中国化过渡期、成熟期仍对其教会大学性质有所坚守，中国化是适应当地文化的策略。虽然岭南大学红楼中国化和现代化的初心与中山大学有所不同，但其表现形式积极、有益的方面却是中山大学应吸取的。只有这样，才能调动一切积极因素，扎根中国大地，建设具有中大特点、中国特色的世界一流大学。

　　人民中大入驻康乐园以后兴建了一批红楼，典型代表是理科群楼，包括生物楼、化学楼、物理楼（图 4）等。人民中大理科红楼既没有完全采取当时流行的苏联模式，又吸收岭南大学红楼的中国化精神（台基、中式屋顶）与之保持协调（红砖绿瓦），更以当年特有的政治敏锐性刻意避嫌顶部呈半圆形或弧形的拱廊、拱门、拱窗的宗教色彩，可谓是体现了全国高等学校院系调整后中山大学校园建筑的根本精神和总体方向。

改革开放以来的康乐园红楼,对以往不同时期都有所吸收。引力楼、材料楼、纳米楼、激光楼、曾宪梓堂等又一批理科群楼,既吸收了人民中大红楼的基本精神,又显现出新的气息。伍沾德堂、伍舜德图书馆开始消化吸收顶部半圆形拱门、拱窗,开启中山大学自全国高等学校院系调整后新建建筑顶部半圆形或弧形拱门、拱窗的先河。后来的外语学院楼、新图书馆、新中山楼、体育馆、博物馆等,也吸取了较多的顶部半圆形或弧形拱廊、拱门、拱窗,体现出开放、包容的精神。

北校园有中山先生青年学医铜像,东校园、珠海校区有仿制的中山先生铜像,深圳校区也在规划中,这些中山先生铜像自然赋予各校园红楼中山精神的底色。而诸校园红楼也各有特色和精神。北校园红楼精神最好的概括应该是时任校长戴季陶题写的对联"救人救国救世,医病医身医心"(后尊为中大医训),可谓中大特色的"救""医"精神。东校园红楼地处大学城,以比较直接服务社会的应用学科为主,可谓突出体现"笃行"精神。珠海校园红楼主要为近年兴建,服务国家"一带一路"倡议,学科布局以"深空、深海、深地"为主,可谓代表新时代中山大学的海洋精神。深圳校区红楼管未来,开拓学校发展空间,学科布局以新型医科、工科为主,可谓代表新时代中山大学的开拓精神。这些校园的红楼精神,都亟待提炼、总结以纳入校园文化建设中。

文明路红楼的传统教育精神、教育救国精神和革命精神,石牌红楼的中山精神、民族精神和爱国精神,抗日红楼学术抗日的报国精神,康乐园岭南大学红楼中国化、现代化精神中积极、有益的方面和中山先生赋予的"做大事"等精神,康乐园人民中大红楼的中国特色社会主义精神和开放、包容的精神,北校园红楼的"救""医"精神,东校园红楼的笃行精神,珠海校区红楼的海洋精神,深圳校区红楼的开拓精神,等等,共同铸就中大红楼的历史和现实精神,筑起中大人的精神家园,润化着每个中大人的心灵。

陈长安,中山大学哲学系暨马克思主义与中国现代化研究所讲师

红砖绿瓦间承载的中大精神

吕澎宇

置身中山大学，满目皆朱碧之色。中山大学已历近百年风霜，无论是曾经的石牌校园还是如今的康乐园，红砖绿瓦，俨然成为中山大学一道独具韵味的风景线。这些红砖绿瓦，或新或旧，都是中山大学人文精神无声的载体。但是中山大学红砖绿瓦的建筑风格并非一成不变，而是随着时代的发展而不断变化，其中承载的中大精神同样伴随着时代的变迁而不断发展。

建筑是中国传统艺术最直接的表现形式。随着时代的发展，建筑的实用性保持着稳定，而其艺术性日益增强，形式也逐步多样化，从瓦当到梁柱，从雕檐到门窗，其图形、文字的寓意愈发多元，也不断沉淀着特定时代、特定审美、特定意义的回忆。中山大学的不同时期、不同风格的建筑，正凝聚着每一种不同的珍贵回忆。

一、石牌校园的红砖绿瓦（1931—1952）

中山大学的前身国立广东大学创办于1924年，为纪念孙中山先生，于1926年更名为国立中山大学。1931—1937年间，依据孙中山先生的生前嘱托，在邹鲁校长带领下，中山大学在广州石牌建设了新校舍及其建筑群，即中山大学早期最为完整的一个校区。

早期的石牌校园，即如今华南理工大学、华南农业大学广州校区的建筑群，倾注了最早一代中大人的无尽心血，展现了最早一代中大人的坚韧与毅力。这些红砖绿瓦，承载了中山大学坚守

● 图1　石牌校园南门牌坊
图片源于"中山大学历史文化展示"之"红楼叠影"

初心、砥砺前行的精神。正如邹鲁校长在石牌校园落成庆典上所言："蓝缕筚路启山林，寸寸山林尽化金。树木树人兼树谷，规模远托百年心。"以邹鲁校长为代表的第一代中大人，在石牌校园搭建起红砖绿瓦，并希望这份事业能够百年传承发展下去。

（一）南门牌坊

石牌校园最具代表性的建筑便是南门的牌坊（图1）。

牌坊的柱顶为花苞样式，并在两侧延伸出雕刻云纹的云板。石柱将五山路分为三个门，每根柱子前都有抱鼓石以及龙纹的浮雕，鼓面上是浮雕花瓣状纹饰，整个牌坊皆采取中国传统石柱门的形制与样式。牌坊中门的内、外门额分别篆刻时任中山大学校长的邹鲁先生所书"国立中山大学"以及"格致诚正修齐治平"字样。其中，"格致诚正修齐治平"源自孙中山先生著作《民族主义》第六讲中提及的恢复中华民族"固有的旧智能"之所指。

牌坊中门门柱内侧镶嵌有一块奠基石，碑文为："中华民国二十三年十一月十一日，国立中山大学校门奠基于此。董事：胡汉

● 图2 石牌校园体育馆
图片源于"中山大学历史文化展示"之"红楼叠影"

民、萧佛成、邓泽如、林云陔、陈济棠、许崇清、林翼中、区芳浦、邹鲁立石,校长邹鲁书石"。

古朴的牌坊诉说的,不仅是中山大学近百年苦心经营历程的风霜,更记载着中山大学恒久的办学育人理念。石碑记录着时间、地点、人物,但其意义早已超出了记录,更是中山大学的象征,是对第一代中大人丰功伟绩的称誉。

(二)体育馆

体育馆(图2)的上层多有彩带纹饰,廊顶亦有彩色壁画,黄底绿边,统一于校园的建筑风格。两边的衬楼为红砖所砌,窗下为绿色琉璃瓦和滴水瓦,滴水瓦的形制也是如意形的。体育馆二楼有台,台顶也采用绿色琉璃瓦和如意形滴水瓦,亦有装饰性的斗拱、檐档和檐柱,以及多花蕾等装饰性元素。底座的拱门则借鉴西式建筑风格,围抱的梁柱形成更大的拱。瓦当上的文字则是"中大"二字。

深层次来讲,采用中国传统建筑元素,是中山大学传承中华优秀传统文化的直接表现。体育馆代表的虽然是近现代的体育观念,但建筑采纳这样的传统风格并不会显得突兀,反是十分契合"笃行"的校训内涵。中国传统"六艺"中有"骑""射"等身体素质教育,中山大学有所传承，追求的绝不只是学识上的深刻广博，更包含着身体素质各方面的全面发展，并将发展体育落到实处。而现在中山大学实施的"体育章"制度，更是素质教育观念一脉相承的展现。

与此相适应，中西融合的建筑风格，正符合当时中西文化多元碰撞的现状。民国时期，中国与西方的接触愈发频繁，西方的各种思想涌入中国，而置身广东的中山大学地处开放的最前沿，自然学习和引入了大量西方先进的思想与技艺，这其中就包括建筑技艺与体育思想。拱状的宗教建筑风格与画廊的完美融合，是中山大学顺应开放浪潮的象征；而如"更高、更快、更强"的奥林匹克精神等思想，同样以建筑元素为依托，体现了趋向于现代化的体育精神，在与中国传统建筑元素的交互中相得益彰。

（三）农学院农学馆、文学院、法学院

农学院农学馆是三栋院楼中最为堂皇富丽、最为气派、最具传统风格的建筑（图3）。农学院农学馆坐西朝东，是一座中西合璧的宫殿式建筑，台基由磨石米打造，红砖绿瓦，配以大片草坪与空地，整

● 图3　石牌校园农学院农学馆
图片源于"中山大学历史文化展示"之"红楼叠影"

图4 石牌校园文学院　　吕澎宇　摄

体风格开阔而典雅。农学馆屋顶为庑殿顶,绿色琉璃瓦正脊,屋檐有绿色琉璃瓦当和如意形滴水瓦。垂脊上有典型的双角龙与马、貔貅、麒麟等飞禽走兽,檐下亦有仿木斗拱。农学馆的二、三两层延伸出檐廊,由红色檐柱支撑,檐廊的栏杆亦是朱红色,明亮鲜艳。檐下额枋则采用以红、蓝、绿为主色调的宫廷彩绘装饰,雍容大气。正门台阶扶手整齐庄严,浮雕纹饰精美雅致。

作为"左文右武"中"文"的代表,文学院(图4)十分典雅。院楼采用宫殿式建筑形制,也统一于校园红砖绿瓦的风格。正脊采用绿色琉璃,瓦当上是"中山大学"四个字。正门则有四根仿造西方宫殿建筑形式的大柱,既古朴恢宏,又具备欧陆情调。文学院的屋顶属于歇山顶。歇山顶有一条正脊、四条垂脊和四条戗脊,最典型的特征便是"山花"。如图4所示,文学院楼的屋顶具有"山花"这一必要元素,并设有双层飞檐,是为重檐歇山顶。

法学院楼同样统一于红砖绿瓦的风格,采用宫殿建筑形式,屋顶也采用绿色琉璃正脊、绿色琉璃瓦当和如意形滴水瓦,与文学院楼左右呼应,在建筑的精神风貌上有相通之处。

如图5所示,法学院楼有主楼与衬楼之分。其中,衬楼屋顶的"山花"十分明显,为单檐歇山顶;而主楼有"正脊"与"垂脊",不存在

● 图5　修葺一新的石牌校园法学院　　陈长安　摄

"山花"形制，除此之外还有两层屋檐，因此其屋顶属于重檐庑殿顶。

从中国传统屋顶形制的等级划分上看，庑殿顶是屋顶形制的最高等级，歇山顶则次之，但仍高于硬山顶、悬山顶等其他屋顶形制级别。如果加上屋檐这一要素，那么庑殿顶与歇山顶的等级顺序为：重檐庑殿顶最高，重檐歇山顶次之，单檐庑殿顶再次之，单檐歇山顶最末。在故宫建筑的屋顶形制选择上，包括天安门、保和殿、乾清门等许多建筑，其屋顶形制皆为重檐歇山顶，而非最高形制的重檐庑殿顶，只有最高级别的太和殿采用重檐庑殿顶。

重檐庑殿顶的最高级别，多少也体现了建校时中山大学的追求，将追求卓越、建立全国乃至世界一流学府的希望寄托于建筑中。而这些建筑正因为承载了中大人的希望，在岁月的洗礼中仍然保持着独特的风格，激励着中大学子力拓学术领域，追求顶尖水平。

（四）刘义亭

刘义亭（图6）的屋顶形制采用六角攒尖顶，上有黄色琉璃瓦，瓦当为莲花纹，滴水瓦为如意形，仍然是统一于石牌校园的整体建筑风格。屋檐下木匾上书"刘义亭"，但邹鲁校长的署名已经被损毁，印章同样无法辨识。亭中立一块碑，碑文为：

本校校地为刘义将军营寨之遗址。湘主席何芸樵先生捐资千元，建筑此亭而留纪念。登斯亭者，咸能继将军御侮之志，则民族复兴可指日焉。

校长邹鲁
中华民国二十六年五月二十四日

● 图6　刘义亭
图片源于"中山大学历史文化展示"之"红楼叠影"

建立刘义亭的目的是纪念刘永福将军。刘永福（1837—1917），字渊亭，名义，为清末爱国将领，曾先后率军在越南抗击法国侵略者、在中国台湾抗击日本侵略者。清末民初，刘永福曾驻军于此处。刘义亭依托绿瓦的建筑形制，十分巧妙地融入了校园的建筑风格。而建亭以纪念民族英雄的初衷，又在某种程度上与中山先生民族复兴的宏伟梦想相契合，是先生"三民主义"中民族主义的缩影，激励着代代中大学子勿忘国耻，振兴中华。

二、康乐园的红砖绿瓦（20世纪初至今）

如今的中山大学广州校区南校园坐落于康乐园，康乐园的红砖绿瓦已经成为中山大学的一种标志。但康乐园原是岭南大学旧址。1952年底，全国高等学校进行院系调整，岭南大学解体，原有的课程或科系并入其他院校，康乐园才成为中山大学的校址。换言之，在成为中山大学的校址之前,康乐园的红砖绿瓦并非真正意义上中大精神的载体。然而,康乐园的建筑整体风格其实与最初石牌校园的风格有异曲同工之妙,而在此后的长期历史沿革中,康乐园的红砖绿瓦也逐步成为中山大学的又一独特标志。

《建筑│红砖绿瓦——中山大学康乐园早期建筑群》一文中有如下表格,可以清晰地看出康乐园早期建筑群的风格差异。

时　期		建 筑 风 格	部分代表建筑
折中主义时期	早期折中主义时期（1904—1915）	西式风格略多于中式风格,立面上多分为上下两部分。上即为屋顶和檐下过渡,多采用中式悬山顶或歇山顶,铺青灰色普通瓦片;下即为建筑墙面及底座,墙面采用青灰色或红色砖石,通过镂空营造浮雕效果。广泛采用拱券、圆拱、立柱、窗洞等西式造型原色,建筑多设有西式外廊	马丁堂
	成熟折中主义时期（1913—1928）	西式符号在逐渐与中国风格融合的过程中,也逐渐中式化,建筑更显得多样化、个性化,风格也慢慢成熟起来。此时的建筑已很有中国韵味,西式建筑在中国被逐渐同化,但仍具有明显的西式风格	怀士堂、黑石屋、十友堂、八角亭
古典复兴主义时期（1928—1936）		采用仿中国宫廷式建筑形制,很多西式栋装饰构件消失,诸如柱、梁、坊这样的中国传统细部构件开始出现在建筑里	惺亭、陆祐堂、哲生堂

在1904—1915年的早期折中主义时期,康乐园的建筑风格表现为中西交融,但是西式建筑略多于中式建筑。康乐园原是岭南大学校址,作为教会学校,岭南大学的建筑自然以偏西方宗教建筑风格为主。

其中的代表性建筑就是马丁堂。为纪念美国辛辛那提市的亨利·马丁先生,这栋康乐园内第一座永久性建筑由最初的"东院"改称"马丁堂",它也是中国第一栋钢筋混凝土建筑。马丁堂整体仍是西式建筑风格,但是红墙、中式屋顶令它在中山大学的建筑史上留下浓墨重彩的一笔。

公晓莺的《透过原岭南大学建筑色彩看广州近代建筑时代特征》一文中写道："马丁堂采用仿中式屋顶源于当时宗教和艺术的取向。……19世纪70年代开始，西方传教士逐渐认识到中国传统文化强大的内聚力和排异性，试图用所谓'孔子加耶稣'来调和中西文化的观点得到多数在华基督教传教士的认可，并直接影响到后来教会的'中国化'和'本色化'运动，使'发扬东方固有文明'得到教会在意识形态上的认可并以具体形式加以实现，包括教会建筑形式。在艺术方面，18世纪的'中国热'在欧洲仍然余绪尚存。20世纪初西方建筑界盛行的折中主义风格为'中国化'建筑实践提供了操作经验和方法。"

通过吸收、融汇中式建筑元素的方式，早期的西式建筑风格更容易被接纳，于是这种"中国化"的西式建筑风格迅速流行开来。康乐园的建筑设计也顺应了这一历史潮流，在这一时期兴建了众多西式"中国化"建筑。

而到了1913—1928年的成熟折中主义时期，康乐园的建筑相对成熟了许多。中西建筑风格交融逐渐明显，其中的代表便是怀士堂。建于1915年的怀士堂，整体呈哥特式教堂的拉丁十字风格，菱形、六角形等西式教堂元素逐步被中国化。1928—1936年则进入古典复兴主义时期。这一时期的建筑大量仿造中国宫殿式建筑，代表性的建筑包括惺亭、陆祐堂、哲生堂。古典复兴建筑展示的是对于传统、对于中国文化的传承。

惺亭采取传统中国亭台式建筑风格，位于校园中轴线，用以纪念史坚如、区励周和许耀章三位烈士。陆祐堂与哲生堂即采用仿中国宫殿式的建筑风格，从飞檐到屋顶样式到台阶……都是这一类建筑的代表。而1933年，"广寒宫"的落成则使康乐园在传统建筑风格复兴上前进了一大步。重檐歇山顶、红砖墙面、绿瓦琉璃，大量中国传统元素的交叠使得"广寒宫"成为红砖绿瓦的又一个标志。

随着时代发展，康乐园不断翻新，红砖绿瓦也在时间的沉淀中成为中山大学的一种标志，康乐园原先的许多红楼仅仅只是为了契合时代审美，或者为了更好地展示西式宗教建筑而刻意使用红砖绿瓦，但是这却侧面反映了中山大学兼容并包、多元开放的精神。而怀士堂南

◉ 图7　红砖绿瓦的黑石屋　　刘洪伟　绘

面立起的"博学、审问、慎思、明辨、笃行"校训文字，更是将中山大学代代相承的精神融入康乐园的建筑群落中，历史与未来在校园内交汇，闪耀着中山大学恒久的光辉。

中山大学的建筑史，同时是一部思想与教育史，中山大学的砖瓦承载了太多的记忆，同时又在最大程度上彰显了中山先生之雄风。儒雅而又脱俗、传承而有创新的精神，是我们作为中大学子所应当传承与弘扬的。置身于红砖绿瓦中，我们追求"德才兼备、领袖气质、家国情怀"，我们更应当以这些建筑为精神依托，深刻感悟建筑留给我们的岁月与历史的痕迹，将"博学、审问、慎思、明辨、笃行"的校训精神贯彻到实处（图7）。

吕澎宇，中山大学中国语言文学系2018级本科生

绿瓦方寸间

陈姝云

康乐园即今中山大学广州校区南校园所在地,是原岭南大学校址。康乐园内有一批建于20世纪上半叶的建筑物,它们从历史风雨中走来,与学校共历沉浮,以其独特的风貌矗立于岭南大地,无声诉说着百年风云沧桑变幻。时间的洪流一刻不停地向前行去,康乐园内的建筑景观也日益丰富。绿色作为中山大学的代表色,不仅出现在校徽上(校徽绿为标准绿色),还被广泛应用于建筑配色。

一、康乐园建筑对绿色建材的选用

选用绿色建材是康乐园建筑运用绿色最主要的形式。

(一)康乐园中的传统建筑(1904—1936)

根据不同的建筑风格,康乐园中的传统建筑(1936年以前的建筑)被分为折中主义时期的建筑(多建于1904—1928年)和古典复兴主义时期的建筑(多建于1928—1936年)。

1. 折中主义时期(1904—1928)

1904—1928年间,康乐园中的建筑普遍采用绿色琉璃瓦覆盖的屋顶形制。这段时期比较具有代表性的建筑有怀士堂、黑石屋、马丁堂、格兰堂、麻金墨屋一号(陈寅恪故居)、高利士屋、积臣屋、美臣屋一号(陈序经故居)、马应彪夫人护养院、陈心陶故居、荣光堂、马应彪招待室、爪

● 图1 怀士堂　　瞿俊雄　摄

哇堂、十友堂、张弼士堂等。岭南学堂（1918年改名为岭南大学）本为美国人在中国创建的教会学校，再加上广州作为当时中国对外开放的前沿吸收了大量外来文化，折中主义时期的建筑带有强烈的西方特征；同时为了迎合民意，这些建筑在外观上仍然带有典型的民族特色与岭南元素，形成了一种独特的中西合璧的风格，绿色琉璃瓦的普遍使用就是其典型体现。

怀士堂（图1）又称小礼堂，位于康乐园南北中轴线上，是中山大学的标志性建筑之一。怀士堂由美国克利夫兰市机床和天文仪器生产商、华纳与史怀士公司总裁安布雷·史怀士先生捐建，由上海布道团建筑师事务所设计师埃德蒙兹于1913年设计，四年后落成。作为当时岭南大学基督教青年会会所，怀士堂具有典型的哥特式教堂风格。哥特式的塔楼由鲜艳的绿色琉璃瓦覆盖，显得跳跃灵动、富有生机。不同寻常的是，建筑师同时选用绿色墙砖镶嵌在红砖之间，颜色对比明显，视觉冲击强烈。另外，绿色墙砖颜色较深，接近墨绿色，垂直分布且与立柱平行，赋予建筑一种稳重、安定感。1923年12月21日，孙中山先生在怀士堂作《学生立志要做大事，不可要做大官》的长篇演讲，对莘莘学子寄予厚望；如今，怀士堂是中山大学的学术殿堂，北面孙中山先生铜像，南邻中山先生题写的"博学、审问、慎思、明辨、笃行"十字训词（后被尊为校训），独特的建筑设计也让怀士堂深沉的墨绿色成为中山大学治学的庄严底色。值得一提的是，怀士堂于2019年冬天迎来修缮，红绿殿堂焕然一新，呈现出新时代大学积极向上的精神风貌。

2.古典复兴主义时期（1928—1936）

1927年1月，钟荣光当选为岭南大学校长，校园建设权自此掌握在中国人手中。同时，20世纪20年代末30年代初，有一大批中国建筑师学成回国，广州成为传统建筑文化复兴的中心。这一时期修建的建筑具有更为典型的中国传统建筑特征，多仿照中国宫廷建筑风格，屋顶改为采用传统的蓝色琉璃瓦，绿色的使用在这一时期明显减少。尽管如此，仍有建筑师继续选用绿色。在这些建筑中，最具代表性的当数"广寒宫"（图2）。

● 图2 "广寒宫"　　瞿俊雄　摄

新女学，又称"广寒宫"，由1929年回国的广东信托公司建筑师黄玉瑜设计，于1933年落成。"广寒宫"采用中国式重檐歇山顶，苍翠的绿色琉璃瓦覆盖其上。独特的是，在这两重檐之间是矮矮的一层，檐下装饰有同色额枋，使"广寒宫"比例更加协调，视觉上拉长的下半部分增添建筑的肃穆感与恢宏感。"广寒宫"自设计之初，定位一直是大学女生宿舍，后被划为女研究生宿舍。与怀士堂古朴庄重的墨绿不同，"广寒宫"的绿色琉璃瓦更加苍翠鲜艳——这与女生宿舍的青春活力巧妙呼应，形成独特的文化氛围。

（二）康乐园中的现代建筑（1936年至今）

1936年后，广州局势动荡不安，几经战火，康乐园中的建筑发展徘徊在低谷。改革开放以来，广州再一次成为国家对外开放的前沿，迎来新的发展高潮。同时，大量华人华侨、校友慷慨解囊，支持中山大学新一轮的建设。在此期间，康乐园中涌现了诸多现代建筑，这些建筑选用的传统材料明显减少，建筑师对绿色的使用也颇具新意。

中山楼（图3）由1961年毕业于中山大学物理系的曾宪梓先生捐建，于2001年建成，是学校现在的行政办公大楼。中山楼在外形上与

● 图3　中山楼
图片源于中山大学校长办公室、党委宣传部编《南校园建筑景观导览册》

● 图4 外国语学院楼　　瞿俊雄　摄

文明路钟楼礼堂相仿，蕴含追本溯源、不忘初心之意。与康乐园中的传统建筑不同，中山楼的屋顶选用了红色的琉璃瓦，鲜艳而庄严。为了使建筑色调与校园保持一致，建筑师选用了绿色的玻璃窗，将实用性与美观性巧妙结合起来。

采用类似设计的还有外国语学院楼（图4）、岭南堂、伍沾德堂等学术科研工作大楼。与绿色涂料、绿色琉璃瓦、绿砖相比，绿色玻璃显得通透净润，与学院一心治学的纯粹一脉相承。

二、康乐园建筑与绿色环境的和谐相融

据统计，康乐园在20世纪50年代曾有超过1400种植物，后来因学校建设需要，植物物种有所减少，现存植物942种。对于建筑师来讲，如何使建筑与绿色环境相融，成为一个不可忽视的问题。

"广寒宫"在这方面尤为出彩。中山大学城市与区域研究中心2004级博士生陈洋在其题为"中山大学校园传统建筑风格评析"的论文中表示，建筑师选用绿色琉璃瓦覆盖"广寒宫"屋顶，并将恢宏的古典宫殿隐藏于绿树丛中，视觉上缓和了庞大的建筑体量带来的压迫感。翠绿色的琉璃瓦与周围环境一致，赋予"广寒宫"清幽宁静而典雅超然的独特气质。由于建筑历史悠久，如今甚至有不少草木寄居于"广寒宫"的屋顶和檐角，有人因此批评学校管理不善。换一个角度

看,这未尝不是建筑与自然和谐相处的体现——回暖之季百草权舆,艳阳下藤蔓低垂清凉沁脾,就算是在寒潮来袭、北风呼啸的冬季也青葱翠绿、繁茂不改——植物让建筑也有了生命。

三、岭南传统建筑文化对康乐园建筑的影响

除了西洋建筑风格,岭南建筑文化对康乐园建筑的色彩选用也产生了较大影响。

岭南园林造景注重色彩设计的自然和谐。在康乐园的绿树丛中,鲜艳的绿色出现在建筑上不会显得夸张艳俗,青砖亦不显冷漠孤傲。相反,康乐园的建筑与绿树互相映衬,展现出蓬勃的生命力与"对生活的热情"。

岭南建筑色彩设计较为鲜艳,这一点体现在康乐园建筑大量使用的绿色、红色、金色上。首先,《礼记》规定不同级别的人应该使用符合其级别的色彩,所以,岭南建筑遵循了《礼记》中"居民为灰"的规定。但由于岭南地理位置偏远,加上南岭阻隔,受中央控制较松,于是当地人民在进行设计时,大胆地把鲜艳的色彩应用在了各种建筑上,形成岭南特有的建筑风格。其次,人们信奉传统风水理念,用五种颜色代表五行,如红为火、黑为水、青为木、黄为土、白为金等。这样的理念也体现在岭南的建筑文化中:黄色象征对财富的渴望,绿色传递对和平、安定、生命的期待。由此不难看出,康乐园也寄托着师生们对生命和生活的美好希望。

康乐园中的大量传统和现代建筑,以丰富的形式运用多种绿色,表现学校旺盛的生命力、为学的庄重以及师生对生命生活的美好期望。这些建筑与周边的自然环境和谐相融,不失为现代城市快速扩张下值得规划者借鉴的建设典范。同时,这些建筑的历史也是学校的历史,更是中国大地在东西文化碰撞激荡下曲折发展的历史。希望在这座校园里的人们能够更深入地了解这些建筑的故事,传承其蕴含的中大精神。

陈姝云,中山大学外国语学院 2018 级本科生

扎根中国大地，心系国运苍生
——石牌校园里的中大精神

陈溪如

提起中山大学，人们往往称道康乐园建筑红砖绿瓦的古朴典雅，赞叹康乐园中西合璧的建筑群所彰显的独立自由、兼容并包。然而，石牌校园的精神价值却常常被人忽视。

在如今的天河区五山路，坐落着被称为石牌校园的中山大学旧校址。中山大学石牌校园拥有悠久的历史渊源。早在中山大学建校之初，孙中山先生就划定石牌为中山大学新校址，并授命邹鲁校长着手建设。石牌新校舍基本落成之时，其建筑物之宏伟备受当时国内外人士的赞叹。可以说，石牌校园的一草一木、一砖一瓦，无不体现着中山大学的精神风貌（图1）。诚然，自1952年中山大学迁入海珠区的康乐园以来，中大人也为这个校园打下了厚重的精神烙印，然而石牌校园从内到外透露出的中国古典韵味，以及它所承载的扎根中国、心系天下的家国情怀，却是康乐园无法替代的。

中山大学石牌校园的建筑历史可以追溯到1924年，孙中山先生下令筹建国立广东大学之时。早在此时，孙中山先生就已经高瞻远瞩，认为学校校舍"类多颓废，且散处市区，修学既不适宜，发展尤多阻碍"，便在广州市郊另择了一处校址，即现在的石牌。因此，邹鲁校长等创校人在建设石牌校园时的规划便源于孙中山先生的构想。

孙中山先生对教育的重视始终贯穿于他的革命思想中。1894年，孙中山向李鸿章上书时就提

图1　石牌校园理学院生物地质地理教室　　陈长安　摄

出"富强之本"在于"人能尽其才，地能尽其利，物能尽其用，货能畅其流"。受冷遇后，孙中山先生走上了革命的道路。其间，他在横滨、东京等多地都曾开办过学校，培养革命人才。1923年12月21日，孙中山先生在岭南大学（现中山大学广州校区南校园）怀士堂做了一场重要的演讲。他提到美国能办岭南大学这样的学校，"中国人何以不能自己创办呢"？同时，他还强调了革命人才之于革命工作的重要性，勉励年轻学子"立志是要做大事，不可要做大官"。孙中山先生去世后，邹鲁校长秉承先生遗愿，建设石牌校园，"树一最高学府，以救民族、救中国"。

　　追溯现在的中山大学广州校区南校园——康乐园的历史，我们更加能体会到孙中山先生对中山大学的建设饱含了怎样的期许。

　　康乐园原是岭南大学的校址，岭南大学的前身是美国基督教会于1888年在华创办的格致书院。1904年，岭南学堂选址康乐园一带为永久校园。岭南大学最初的目标是建成一所中国基督教大学。1885年12月7日，美国长老会海外差会的会议记录表明了西方教会在中国开办一所基督教大学的目的："他们认为建立一所与贝鲁特大学计划完全相同的大学对在中国的传教事业起着极为重要的作用。"

● 图2 石牌校园文学院屋檐一角　　陈溪如　摄

可以说，岭南大学的校园建设是在中国农业文明衰微的时期，西方工业文明强势入侵的一个见证，康乐园的早期校园建筑并不能体现建校之初的中山大学所肩负的历史使命。也正是在这生死存亡的危急关头，以孙中山先生为代表的革命者奔走呼号，期待中国的青年能够奋起救国，以爱国主义为核心的中大精神便灌注在石牌校园建设的方方面面。

建筑是大学精神的一扇窗口，最直观地体现着大学的人文关怀和精神风貌。石牌校园的布局、建筑和园林命名等方方面面都具有的浓郁的中国风情（图2），也透露出中山大学所承载的深厚的家国情结。

石牌校园的整体布局采用了中国传统宫殿式的中轴对称布局。中山大学首任校长邹鲁先生有记："全校建筑物之位置，礼堂居中，左为文学院，右为法学院，礼堂正北为农学院，其东南为理学院，西南为工学院，礼堂之南则总理像巍然在目，像东为图书馆，西为博物院，礼堂东南高峰为天文台，台西南则为大门，门之左为稻作场。"不难看出，整体布局的中轴意象相当明显。由此，整个校园获得了一种秩序井然而庄严肃穆的宏阔之感，展现出"西学东渐"的文化大潮中，国内思想界、建筑界兴起的复古主义倾向,此种设计风格与当时国立中山大学作为国家高等学府的象征和肩负救国责任的使命感是分不开的。相比于石牌校园,虽然同为中轴线对称布局,康乐园中轴线两侧的建筑没有主次之分,没有合围院落,没有标志建筑,体现了平等的思想内涵,这与岭南大学作为不归属特定教派的教会学校的办学特点有关,但同时整体校园布局却失去了庄严的空间秩序感和宏大的纪念性。

建筑风格上,石牌校园建筑群也表现出对中国传统宫殿式建筑的继承与发展。20世纪20年代以来,以墨菲为代表的西方建筑师对古典复兴主义的探索,以及1929年南京国民政府在《首都计划》和上海《市中心区域规划》中明确提出的"中国固有之形式"的传统建筑复兴思想,都深刻影响了石牌校园的建筑风格。

从最具有视觉表现力的建筑立面来看,首先是屋顶样式——通常挪用传统皇家建筑的庑殿顶或歇山顶。如此,现代式的建筑躯体上安放传统的琉璃瓦大屋顶,如同戴上帽子,屋顶的样式成为表征"宫殿

● 图3 工学院土木工程教室原貌
图片源于"中山大学历史文化展示"之"红楼叠影"

原型"的主要符号载体。值得一提的是，石牌校园法学院的建设采用了中国传统礼制中最高规格的屋顶——重檐庑殿顶，这也体现出中山大学崇高的社会地位；此外，在现代式建筑的主体立面上，建筑师在主要的门楼、台阶与正立面附加了许多具有传统色彩的装饰符号，一般以传统装饰符号为主，或使用传统和西洋装饰的混合式装饰符号。例如，曾经的工学院土木工程教室（图3），红墙绿瓦，如意形滴水瓦；其两层楼的窗间墙面还饰有传统吉祥纹样的深红色琉璃方砖，与红砖的砌筑相结合，丰富了建筑立面；檐下双重桁饰、兽件、彩绘、须弥座、栏杆、雕饰、抱鼓石等充满中国古典建筑的特色，同时又融合了西式元素；工学院土木工程教室的出入口处筑有一个重檐庑殿顶门廊，门廊却带有西式风格，使得整座建筑呈现出独特的魅力。

  而康乐园的大部分建筑诞生于中西融合实践的初期，即20世纪初，受到折中主义的影响更为深远。这一时期的中西融合主要为满足基督教在华传教的"本土化"需求和迎合中国人民的民族心理，呈现出的主要特点为：第一，西式风格统摄了中式元素。建筑师多偏爱使用线条较直的硬山顶或悬山顶，并将中式屋顶与西式钟楼、烟囱拼接在一起，如格兰堂；同时，采用大量西式造型元素，或圆拱，或窗洞，或券柱式门廊，等等，部分设计甚至带有殖民色彩。第二，这一时期的融合带有西方建筑师远隔重洋凭借臆想设计的生硬感，将中式屋顶与西式墙身生硬拼接起来，缺乏必要的过渡；立面上多分为上下两部分，上为中式屋顶，下为建筑墙面和西式底座，如马丁堂、陆祐堂等。对比之下，石牌校园红墙碧瓦的中国风更加深入人心。

  在园林设计方面，石牌校园的区域、道路、湖泊、山丘的命名也都别出心裁，如"长江路""洞庭湖""衡山"等，其中蕴含着创校人对中大学子的殷殷期望。邹鲁校长有碑（图4）为证："以言夫形势，则白云山环其侧，珠江绕其前。校内岗峦起伏，池沼荡漾，分划区段，以我国诸行省分名其区。复因各区之岗峦池沼，附以行省内山川湖泽名号，使入本校者，悠然生爱国之心，即毅然负兴国之责。"这叙述将山河地理与校区布局的象征关系、将空间的命名与唤起爱国情怀之初衷的关系表露无遗，当为20世纪30年代以国立中山大学校园与建筑

● 图4 《国立中山大学新校舍记》碑（左）　陈长安　摄

表征民族自尊、国家自强的理念之最佳反映。反观康乐园，由于岭南大学的教会学校性质，建筑多以捐赠建筑款项的外国人命名，如怀士堂、马丁堂等，并没有为校园建筑赋予更深层的意蕴。

中山大学石牌校园诞生于中国文明近代化转型的十字路口。一方面，中国传统农耕文明在西方工业文明入侵时处于弱势，中国的文明转型亟需高素质的现代化人才；另一方面，在中国文化经历晚清以降的"西学东渐"风潮以后，孙中山先生提出恢复中华民族"固有的道德""旧智能"。在这样的现实需求和思想背景下，石牌校园被创校人赋予了深厚的民族意识与家国情怀，中大学子也被赋予了肩负民族复兴重任的殷殷期望。将这一份家国情怀置于现代中国、今日中大来观察，石牌校园这份"扎根中国大地，心系国运苍生"的赤子之心则显得尤为珍贵。在理想被解构的现代文化语境下，在康乐园的"舶来"建筑群囊括了全部的中大精神表征时，我们更应清醒地认知石牌校园独一无二的精神价值。

同时，石牌校园承载着中大人留下的不懈奋斗的历史记忆。石牌办学期间，中山大学各学科繁荣发展，在1935年成为全国第一批拥有研究院的高校。1936年5月25日，邹鲁校长受邀前往德国参加世界大学会议及海德堡大学550年校庆，被授予法学博士学位，更是体现了中山大学的飞速发展、饮誉中外。后来，学校建明远亭、立《明远亭铭》碑（残碑见图4右），以示纪念。自"九一八事变"以来，中大人在石牌校园积极举行抗日救亡运动，抗日战争结束以后，立即在石牌校园恢复办学，为国家的建设培育人才。中大人在石牌校园创造了辉煌，也践行了孙中山先生的谆谆教诲。

明确石牌校园在中山大学校史当中的重要地位，有利于推动石牌校园的建设与保护、中大精神的传承与发扬。今天，石牌校园保护状况并不容乐观。在华南理工大学和华南农业大学迁入石牌以后，两校之间建起了横亘在中轴线上的围墙，又增添了许多现代主义风格的建筑，使得石牌校园原有的整体布局与风格遭到了一定程度的破坏。中山大学或可以与华南理工大学、华南农业大学联合起来，维护、修整这一中国近代大学办学的宝贵历史遗产。

对于康乐园的建设，我们还可以从石牌校园所体现的中大精神中获得更多的思考。既要尊重岭南大学的历史，又要为康乐园赋予真正体现中大精神的元素。例如，学校新建的建筑将如何命名，对于中大精神的书写是否要突破对康乐园的赞美与怀想，石牌校园的历史应如何被人铭记，等等，都值得中大人重新审视。

陈溪如，中山大学中国语言文学系2018级本科生

拱廊遗梦

刘广曦

中山大学具有较长历史的建筑中存在相当数量的拱廊，而拱廊的引入，是中国和异域文化交流的结果。如今，拱廊已经和"红砖绿瓦"并列，成为中山大学广州校区南校园的特色建筑风格（图1）。随着中山大学新建筑的修建和旧建筑的翻新逐渐提上日程，是否应该将拱廊复制推广到中山大学的新建筑中去，成为一部分老师和学子关注的热点。因此，本文将从校园风景角度、文化保护角度和中大精神延伸角度去探讨具有异域文化色彩的拱廊建筑在中山大学的去与留。

拱廊最早引入中国应该是在沿海地区，包括现在上海的南京东路和岭南地区。广东可以说得上是外廊建筑（拱廊的一种）最早扎根的地方——1842年后进入中国，最早出现于广州十三行的十三夷馆，主要风格是英国新古典主义和帕拉迪奥主义。

吉斯特概括了19世纪拱廊建筑的特征，主要有七点：①进入建筑群内部的通道；②私人建筑中的公共空间；③整齐的街道空间；④一个自然采光的空间；⑤一个通道系统；⑥一种零售贸易的组织系统；⑦一种过渡空间。

说到拱廊，它是近代岭南具有代表性的建筑之一，与当时的人文精神有着密不可分的联系。薛颖所著的《近代岭南建筑装饰研究》称，近代岭南的人文精神表现为开放包容、开拓创新、开明务实和经世致用等，近代岭南建筑装饰也因此具有国际性、地域性、民族性交融演化的总体特征。

● 图1 荣光堂　瞿俊雄　摄

近代岭南西式风格的建筑装饰异彩纷呈，时间从近代早期到民国时期，主要表现为以西方文化单向输入为特征的建筑装饰。通过贸易交往与建立租界，岭南近代建筑受西方多个国家建筑装饰风格的影响，建筑装饰风格异彩纷呈。从这个角度看，多种文化迅速涌入，为康乐园建筑文化的中西相融做好了铺垫。

近代岭南民间建筑装饰仍然沿袭手工作业社会背景下传统的装饰技艺，建筑装饰与传统手工艺一体化，与建筑固有形态一体化；同时，在近代化过程中主动吸收西方的"洋"建筑装饰艺术，一方面固守传统技艺，另一方面大胆求新，产生了对应地域文化、自然条件、审美的新形式表现出鲜明的地域性特征。

近代岭南官方建筑装饰风格多元融合，主要表现为民国时期的岭南官方建筑装饰通过多元的装饰动机、装饰风格、审美表达和装饰技术等手段表现民族性的价值观。

总体来说，建造主体不同的价值观和审美取向决定了西式建筑装饰、民间建筑装饰、官方建筑装饰各自的本原性特征，即国际性、地域性、民族性，它们发展演化、充分交融，共同构成了近代岭南建筑装饰的总体特征。事实上，这也成为康乐园以及校园建筑具有国际性、地域性、民族性特征的背景。

步入康乐园，中西合璧的红砖楼星罗棋布。红墙热烈明亮，绿瓦清新淡雅，古木郁郁葱葱，色彩上的极大反差所带来的视觉冲击，是大多数人对康乐园的第一印象。由于康乐园原是岭南大学的校址，这所1888年创立的教会大学深深影响了此地的建筑风格。民国风情的硬制红砖，中式殿堂的琉璃瓦与滴水瓦，西式韵味的花窗与拱廊，于此巧妙融合。

从艺术层面看，拱廊具有新古典主义、装饰艺术派以及现代主义的建筑装饰，从政治性、商业性、经济性等多元目的角度表达了以民族性为核心的岭南近代官方文化；从技术层面看，拱廊建筑装饰的材料和技术逐步实现了现代化和地域化，综合表现出中西融合的特征。

随着中山大学容量的不断扩大，学生的数量、学科的种类大幅上升，校园中的建筑不断增加。受某段时期实用主义的影响，校内新建的一批教学楼大多数是规整但呆板的，如第一教学楼、高等继续教育学院和熊德龙活动中心，以灰白的墙体和方形的窗户为主要特征。但是随后建起的逸夫楼（图2）就包含了

● 图2　逸夫文化艺术中心　　瞿俊雄 摄

红楼掠影 | 83

◉ 图3　岭南大学神学院　　瞿俊雄　摄

西式的窗户，恢复了中西相融的特色。

如果是清一色的灰墙白瓦，恐怕无法和中山大学的绿化相互映衬，色彩上的冲击相对减少了很多，景色也缺乏层次感。从这个角度看，拱廊作为和中国拱桥等相似的半弧形结构的建筑，其西化的直观感受是不明显的，能够很好地与周边环境结合起来，共同创造具有和谐美的校园环境（图3）。

近年来，我国在近代西式建筑保护这一问题上，争议颇多。例如，几年前上海外滩"申遗"曾为一些人所诟病，他们简单地将其与忘记了过去的惨痛历史等同起来，认为那意味着背叛，不能把艺术与政治、历史割裂开，因此反对外滩"申遗"。但是我们不能总是停留在过去的阴影中，反而应该直视它，把这些具有西式风情的建筑与城市设施内化、融入我们的社会，令其成为我们自身的文化财富。

因此，保护历史建筑并非仅为保留躯壳，更是对历史文化的一种保护，让我们增添一份对历史的敬畏、感动与思考。

陈寅恪先生提出"独立之精神，自由之思想"这样一句振聋发聩的呐喊，我认为，承认并且内化、包容拱廊在中山大学新建筑中的复制与推广，本身就是独立与自由的体现。历史需要铭记，但是我们也不能因此停滞不前，秉承中大精神中的"审问之""慎思之"和"明辨之"，作为中大学子，我们不可以失去质疑的精神，要有独立思考的意志。同时，中山大学本身是一座具有包容开放特质的高等学府，应当向往并且追寻自由，一种表达和维护值得用包容的情怀去看待的历史文化遗物的自由。

虽然拱廊带有异域文化色彩，但是随着时代的变迁和发展，我们的新式中国建筑早已将其内化，它已成为我们包容开放的文化中的一部分。从校园景色的角度来讲，复制推广拱廊的建筑设计可以避免校园建筑的同质化，增添校园亮点，与"红砖绿瓦"一同成为美丽中大建筑符号。从文化保护的角度来看，我们要避免极端的民族主义和媚俗的后殖民主义，但是又要维护一段历史遗留下来的文化产物，使其达到缅怀过往、铭记历史的作用，也使其成为我国文化大花坛中的一抹亮色。从中大精神的延伸角度来看，保留并推广拱廊，实质上也是传达"独立之精神，自由之思想"的一种体现，鼓励学生具有质疑的精神，无惧他人带起的半殖民符号残余的讨论，用包容的情怀去看待所有历史的遗物。

刘广曦，中山大学旅游学院 2018 级本科生

花开时节又逢君

陈志敏

若论岭南佳果,荔枝当数第一。若论广东学府,中山大学当居其首。

中山大学有红楼,妖娆或伟岸,一座座,似音符、如星月,散落绿荫丛(图1)。

红楼越百年,风物两相悦。恰似一部由能工巧匠砌成的古典交响乐,每一条砖缝里都跳跃着动人的旋律。

红楼旋律,北自怀士堂,沿着中轴线,一路回响在校园的人文天空下,浓郁芳菲,令人陶醉。

花开,君依红楼伴书香;花落,依送故人别康园。依依,别别,何时君再来?愿花开时节又逢君。

惺亭、黑石屋、马丁堂、十友堂、格兰堂、荣光堂、张弼士堂、陈嘉庚堂(图2)……那一栋栋

图1 散落于绿荫中的红楼　　刘洪伟　绘

图2 陈嘉庚堂　　刘洪伟　绘

精美别致的红楼,历经岁月洗礼,越发耐人寻味、令人感怀。

陈某幸甚,寄居康乐园近二十载,冬去春来,夏荷秋月,茶余饭后,每每漫步其间,相约模范村,相遇怀士堂,几近宋词意:"我见青山多妩媚,料青山见我应如是。"

岁月流金,光阴不再,思绪逶迤,欣然命笔之际,似与红楼再相逢。轻轻道一声:惺亭、怀士……别来可好?

惺亭——你落成于1928年,是为纪念史坚如、区励周、许耀章三位烈士而建。"亭,停也,亦人所停集也","江山无限景,都取一亭中"。

东方园林之美,或塔或亭,巧寄情思。然亭之通灵风情更胜于塔。后辈学子,常集于此,南北故乡情,西东家国事,以力学寄敬意,以才情会古贤。

"长亭无寐,短书难托",穆穆惺亭无语,悠悠岁月九秩;绿草如茵,浩气长存;荣光启秀,辉映千秋。

怀士堂——无须多言,你绝对是众多红楼中出镜率最高的。一年一度的毕业季,你正襟肃立,任青春在门前飞扬,任桃李芬菲满园(图3)。

● 图3 桃李芬菲满园　　刘洪伟　绘

你端庄睿智，不喜不忧，仿佛在平和地告诫即将毕业的学子："路漫漫其修远兮，吾将上下而求索。"前程虽似锦，道路何崎岖？同学们，请珍重！

陈寅恪故居——我真想追问：你那小小的空间，如何装得下这大大的"独立之精神，自由之思想"？

可我从不担心，岁月流逝，你将老去。先生之风，山高水长。表里如一，无私无我之境界，早已"与天壤而同久，共三光而永光"。

前些年，著名古典诗词研究家叶嘉莹先生，被誉为"唯一一位从民国传承下来的大诗人"，也曾慕名前来，在这间小小的红楼举行学术沙龙。

岁月如歌，红楼妩媚。闭目遐思，往事如烟：南国之春，斜阳初照，春光明媚，晚风习习，陈寅恪先生与夫人唐筼执手相伴，漫步于门前白色小道。树影婆娑，花香淡淡，居世同君，此生何求。愿来世花开再逢君。

陈志敏，号半岛翁，曾居于中山大学康乐园，现居广州南沙

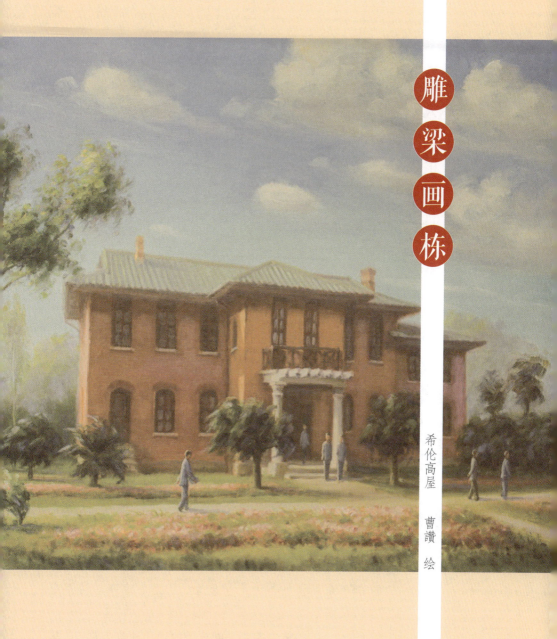

雕梁画栋

希伦高屋　曹瓚　绘

中大红楼里的廊与拱券

姚明基

广东，地处祖国南隅，位于南岭以南、南海之滨，属于东亚季风区，省内因地势的区别，中亚热带、南亚热带和热带气候均沾；受太阳辐射的影响，全省年平均气温22.3℃，低温的1月平均气温为16℃～19℃，高温的7月平均气温为28℃～29℃。同时，广东降水量充沛，全年的平均降水量在1300～2500毫米之间，全省平均为1777毫米；而且降水时间分配不均匀，4—9月份的降水量占了全年降水量的80%以上。"雨热同季"成为形容广东气候的一句口头禅；"插根筷子都能长成竹林"的俗语，又幽默地表达了广东这地方丰富的降水量。

1931年12月2日，梅贻琦在就职清华大学校长的演讲中提出"所谓大学者，非谓有大楼之谓也，有大师之谓也"的著名观点。但这个论断可是建立在大楼已满足办学需要时才能成立。有大楼才能有大师吧？没有梧桐树，哪能引来金凤凰呢？大师也不能没有大楼办公啊，大师也要有栖身之地吧。这个道理大家都懂。当初，岭南大学在广州珠江南岸的康乐村购地创建康乐园，仅仅是靠两个大竹棚起家。如何设计一所能适应广东潮湿气候的大学校舍，可是令建设者们颇费苦心。

从现在矗立在康乐园的近代建筑来看，体量较大的公共建筑如马丁堂、科学馆、哲生堂、陆祐堂、神学院（图1）等，均设计为"一"字形的坐北朝南的建筑，这也比较符合中国传统建筑的要

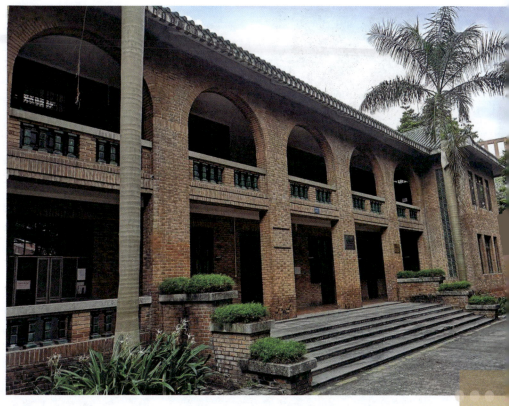

● 图1 神学院的廊与拱券　　姚明基　摄

求,既可以避免西伯利亚寒流和夏天太平洋的凉风,又可以保持南北对流、空气流畅,也适应广东闷热的气候特点。而类似位于马岗顶的住宅建筑,因为大部分为顺应山势地形的需要而建造,设计者并没有机械地硬性要求房屋坐北朝南。

　　大学的公共建筑,在实现教学的功能之外,还必须有师生小憩、公共活动的空间功能。那么在当年没有当下"工"字形、"井"字形、"回"字形等形状的大型楼宇设计理念之时,如何能够在广东多雨、高温湿热的气候条件下,实现在大楼中有舒适的公共活动功能空间呢?廊,成了最佳的选项,进入了人们的视野。

　　按《辞海》(1979年版第858页)的解释,廊,是指屋檐下的过道或独立有顶的通道(图2)。廊,按其形态划分,包括回廊、游廊等;按

雕梁画栋　|　91

◉ 图2　希伦高屋的廊与拱券风采　　姚明基　摄

横剖面划分,可分为双面空廊、单面空廊、复廊、双层廊等。从外观上看,有的廊四面无墙无窗,呈通透式的;也有沿墙或附属于其他建筑物,构成半封闭效果的;也有依山而建的长廊。门廊、内走廊、外走廊、檐廊等形式,亦可常见于单体建筑中;而廊桥,亦是廊与桥融合而应用于民间各种建筑之中的杰作。

  中山大学康乐园的近代建筑中,不乏廊的存在,最明显的莫过于马丁堂、中学寄宿舍、附属小学建筑群等。从这些例子中,我们可以充分感觉到廊的作用与功效。在这些公共建筑中,廊,发挥着交通联系、容纳公共活动、组织空间的功能;对建筑的整体而言,还发挥着调整建筑形态和空间形态、气候调节、外观造型等功能。在炎热与多雨的气候条件下,人们可以惬意地在廊中交流、小憩、流动。这是建筑为人们提供的一个舒适的场所。

  中大红楼的廊,除门廊以外,大部分设计在屋檐以内,很好地适应了楼宇功能的发挥,有效地连接了建筑内的各部分。公共建筑的

◉ 图3　麻金墨屋一号的廊与拱券内景　　姚明基　摄

廊，为学生提供了很好的活动空间；住宅中的廊，则为教师们提供了很好的读书、教学与创作的空间。著名的陈寅恪教授，就曾在麻金墨屋一号住宅中的廊里（图3），给学生们授课。

为满足四面留空或多面留空的要求，也为满足传统设计的人性化、适配性原则，廊在外观上就会设计使用承重力较强的"拱券"（图4）去实现较宽的空间形态。

◉ 图4　怀士堂的拱券窗眉　　姚明基　摄

● 图5 模范村建筑的拱券窗眉　　姚明基　摄

● 图6 神学院的发券　　姚明基　摄

拱,是一种外形为弧形的建筑结构,又称券洞、法圈、法券(图5)。拱,主要在建筑中承受垂直向下作用的压力,一般用砖、石、混凝土等抗压强度、性能较好的材料建造。

券,是指用砖、石、土坯等块状料,利用它们之间的侧压力砌成的跨空砌体,又称"发券"(图6);砌于墙上做门、窗洞口的砌体称"券",多道券并列或纵联的构筑物称"筒拱",用此法砌成的穹窿称"拱壳"。券在宗教性质的建筑中比较多用而常见(图7)。拱券技术早在公元前4世纪就已出现,我国则在西汉前期形成。经过历代的发展,券的层级已随着建筑的外观及整体在提升。能工巧匠们为了券的美观性与整体性,在券上随形平砌一层砖或石,宋《营造法式》中称"缴背",清《工程做法》中称"伏"。有些建筑中,因券或筒拱需要承受较大的重力时,就砌多几层券和伏(图8)。因此,我们可见到一些建筑的门、窗洞多达五券五伏、七券七伏。

拱券最早出现在地下的建筑之中,更多的应用见于桥梁之上(现代拉索桥除外)。在建筑中,则较多地应用于门、窗、走廊方面;

● 图7　马岗堂的门口　　　姚明基　摄　　● 图8　黑石屋的门头窗眉券伏　　　姚明基　摄

在多层建筑中，更多的是在首层，目的是承受较大的压力。重要的建筑，门、窗上会使用多券、多伏的拱券。灵巧的设计师们，还把一些建筑的门廊的拱券，设计为两三层楼的高度，提升了拱券的气势，如康乐园中的格兰堂，拱券气势如虹。

在中大红楼中，大部分单体建筑设计有廊，而且这些有廊的建筑又与拱券构成了完美的结合，使中大红楼很自然地把西方建筑元素与中国特色融合在一起，形成了自我特色，使人记忆尤深。

在康乐园内，有几幢楼有比较亮丽的廊与拱券，体现了这些近代建筑一个很大的特色，值得大家"打卡"关注。

马丁堂，是岭南大学迁入康乐园后的第一幢永久性建筑，也是第一幢由硬质红砖建起的房屋。以马丁堂为开端，红墙绿瓦成为康乐园内建筑风格的基调。它还是中国较早的钢筋混凝土建筑，在中国建筑史上具有重要的地位。马丁堂建成之后，便成为岭南大学主要的教学和办公场所。马丁堂建成之初，共分三层，二楼、三楼原为敞廊设计，

● 图9　马丁堂的廊与拱券　　姚明基　摄

　　从旧照片上可以看到，一楼为拱券设计，课余时间，学生们就在走廊上自由地活动；几经周折，后在原柱廊之上加建窗扇，柱廊栏杆改为砖砌，部分地方还嵌入岭南建筑特有的玻璃花格，但最终被改为封闭式外廊（图9）。今天，我们仍可见当年这些连廊、拱券气势如虹的风采。

　　中学寄宿舍共四幢，坐落于康乐园中轴线的西面，永芳堂的南、北两面。其中，有两幢建筑采取了当时最新式的钢筋混凝土混合结构工艺，其承重部分可以不依靠拱券而完成；而今的法学院、社会学系的两幢建筑，一楼的走廊仍使用了砖砌拱券的风格，虽然现今被封闭，但仍可见当年的风采（图10）。这四幢楼在当年建成之初，一至三楼全部为敞廊设计，为学生提供了宽阔的活动空间。

　　建筑一楼的敞廊连续使用拱券，就能给人留下深刻的印象。康乐园附属小学建筑群（图11），每幢楼南面的走廊与拱券，都给人以整齐

◉ 图10　中学寄宿舍的廊与拱券　　姚明基　摄

◉ 图11　附属小学建筑群的廊与拱券风貌　　姚明基　摄

划一、活动空间合理的感觉。

　　如果说马丁堂、中学寄宿舍是敞廊、拱券的代表的话，那么，格兰堂、神学院等就是拱券的典型了。

　　格兰堂，俗称大钟楼，自落成后，先后用作岭南大学和中山大学的行政大楼。格兰堂坐北朝南，正面主楼有三个、东西附楼各一个，共五个高达两层楼的大拱券，东西两侧亦各有一个拱券，加上窗眉上

● 图 12　格兰堂的拱券风貌　　姚明基　摄

的拱券，整幢楼设计精美，独具特色，气势恢宏（图12）。神学院建筑群的主楼，南面亦系由五个高达两层楼的拱券构成门廊（图13、图14）。这两幢楼的拱券门廊特色，是拱券造型功能的最好体现，构成了康乐园近代建筑中不可或缺的突出特点。康乐园里，具有这种成排、成系列的拱券的，还有陆祐堂一楼东面（图15）、荣光堂一楼西侧和马应彪招待室正门（含窗眉为五拱券）等。正是这一系列拱券的存在，使它们成为中大红楼中最为突出的一个重要因素。

高利士屋位于马岗顶，中山大学原校长李嘉人、人类学系梁钊韬教授、行政管理学系夏书章教授曾居住过的地方，是中国第一批整合了中西方建筑结构及装饰风格之精华的建筑物之一。该楼南面的券廊设计，堪称空间构成的整体性的完美结合（图16）。希伦高屋位于陈寅恪故居的南面，其建筑南立面设计为上下两层的廊，而且各具特色。整个南立面分为五进层面；一楼的廊为五圆拱券相隔，围栏为红砖砌通花而成；二楼的廊则以四对白色的塔司干柱子作为力柱构件，围栏则使用绿色花瓶型构件，使整个建筑的南立面风格和谐且层次感强烈,彰显中大红楼中西合璧的建筑特点。这两间"屋"的券廊设计,又与格兰堂、神学院的不同,尽显小巧玲珑、美观而又实用的特点,令人过目难忘。

红墙绿瓦的近代建筑,并非都会使用廊与拱券的设计。广州东山均益路、庙前西街一带,亦有很多建于20世纪二三十年代、清水红砖的小红楼建筑,虽建筑时间与中大红楼相仿,但许是基于水泥的普及,以及构筑技术的完善,这里的很多红楼建筑中,门、窗、阳台等都

● 图13 神学院的廊与拱券内景 姚明基 摄

● 图14 神学院的拱券伏已不具有承重的作用了 姚明基 摄

● 图15 陆祐堂东面的拱券,仿佛承受了很大的重力荷载 姚明基 摄

● 图16 高利士屋南立面的拱券 姚明基 摄

没有使用拱券及伏的设计（图17）。这也反衬了中大红楼中廊与拱券的构建特征；在康乐园的大部分红楼中，门洞、窗眉上都会使用拱券，仅有几幢楼完全没有使用拱券的设计，如个别模范村红楼的建筑（图18）。

● 图17　位于广州东山寺贝通津、庙前西街的红楼　　姚明基　摄

● 图18　无廊、无拱券、无伏的模范村红楼之一　　姚明基　摄

中国建筑史学家、建筑师梁思成,一生致力于保护中国古代建筑和文化遗产,极力推崇要从旧建筑中提炼中国元素,善于从我们自己的艺术藏库中发掘遗宝,运用新材料新工艺,构建具有特殊风格趣味的建筑。无疑,红墙绿瓦、廊及拱券的建筑元素,是中大红楼的特征所在。今天,中山大学在三校区五校园的建设中,也已自觉地把这些特征融入其中。例如,广州校区南校园体育馆(图19)的设计建设,东区食堂松涛园(图20)的设计建设,永芳堂的改建、扩建方案,在保留了红墙绿瓦的风格的同时,券廊的设计元素亦在其中;深圳校区的建设,整体风格中亦随处可见中大红楼建筑的风格特点;珠海校区的临建海滨楼亦不在话下。

● 图19 新落成的广州校区南校园体育馆　　姚明基　摄

● 图20 广州校区南校园的东区食堂松涛园的拱券元素　　姚明基　摄

  大学必须有自己的精神文化传承。同理,大学建筑必须有自己的风格与特点,这是大学文化传承的体现。

希伦高屋

○ 希伦高屋简介

希伦高屋，又译歌德屋，现编号为东北区305号，位于校园中轴线东边、黑石屋东侧、麻金墨屋一号（陈寅恪故居）南面。希伦高屋落成于1911年，岭南大学蚕桑科主任夏活先生、古尔和冯世安曾先后在此居住。1952年全国高等学校院系调整后，姜立夫教授、蒲蛰龙院士、江静波教授等曾入住此屋。希伦高屋现为中山大学人文高等研究院、博雅学院、通识教育部办公楼。

希伦高屋旧照

希伦高屋近照　佚名　摄

印象红楼
——谈希伦高屋与伦敦会屋

罗砺

从小生长在岭南的我，常从周围人的议论中感受到中山大学的荣光是何等神圣。我的同层住着一位中山医科大学毕业的医生，他兢兢业业的工作态度、对病人的关怀入微给我留下难以抹去的印象，也让我对中山大学平添了一份向往。高考后，我有幸与中山大学结缘，踏入悬壶济世的行列。

有这么一句话：一座座建筑，不仅承载着历史和文化的记忆，还真正揭示了大学对于城市形象的塑造。红楼，是民间对外观红色的古旧建筑、近代建筑简单又直观、形象的称谓。最为著名的莫过于北大红楼，其为最早传播马克思主义的场所，承载着厚重的人文精神。而在广州城内，也有多处建筑被称作红楼。这其中，中山大学近代建筑群占大多数，又称作中大红楼。中山大学建校百年的历史上，经历了两个建筑规模庞大、特色分明、风格独特的红楼建筑群：石牌校园建筑群与康乐园（原岭南大学校址）建筑群。中山大学和岭南大学虽然建校理念不同，风格完全不同，但其校园建筑都有着中式的屋顶、清水红砖墙，屋顶、屋身、屋基三段分明。再联系其建造时期，中大红楼，对广州这一开放的活力之都必定有着沁肌浃髓的影响。

参观中山大学广州校区南校园，是与中山大学的灵气对话的历程。见到北门牌坊的那一刻，一种激动涌上心头，哽咽住言语，我只能用眼睛虔诚地观察康乐园的一楼一池、一草一木，以此探寻中山大学的文化脉络。

"白云山高,珠江水长","你是一个动人的故事讲了许多年"。丹桂迎秋,霞光万道,怀士堂的草坪前,身着红衣的中大学子演绎着对母校深沉的爱。借着参与电视录播的机会,我再次将红楼建筑群走了个遍。穿梭于树林阴翳、碧瓦朱垣之间,抚摸粗糙的红墙,仿佛在翻开尘封多年的历史篇章,静听中西文化交互碰撞的激昂。这一次,我将目光投向林中沉默不语的那两座楼阁,看看远离人们谈笑风生的红楼又将是怎样的一番风采。

希伦高屋

沿着逸仙路中轴大道向南走,穿过惺亭,瞻仰孙中山先生铜像,在怀士堂尽头前一个路口左转,伴随着鸟鸣啁啾、呢喃细语,一座坐北朝南的两层建筑赫然立于眼前。与其东面的黑石屋与北面的陈寅恪故居相比,希伦高屋显得稍许黯然,但它的建筑特色却不逊于任何一幢红楼(图1)。

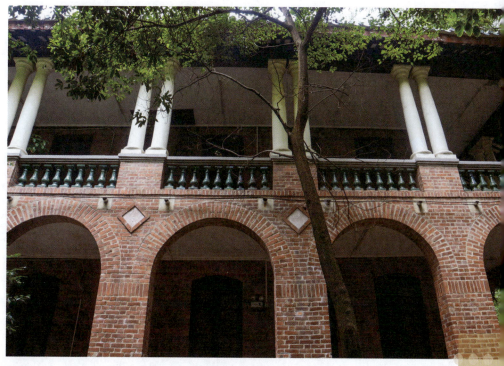

● 图1　希伦高屋的南面走廊外景　　刘雨欣　摄

● 图2　希伦高屋一楼走廊内的地砖　　刘雨欣　摄

　　希伦高屋，又译为歌德屋，位于东北区305号，建成于1911年，由美国海伦·希伦高女士捐建，总面积402.05平方米。北面，红砖铺就的小路尽头，可见两根光滑、未经雕琢的古罗马式塔司干立柱被茂密的凤尾松簇拥。立柱承载住二楼的露台，露台有铁通花护栏。拱门两旁悬挂着欧式吊灯，两扇大门上有规整的几何图形，透过门扇上的玻璃，隐约能瞥见屋里的光景。入口转角便是木质楼梯，脚踏上去会发出沉闷的木头撞击声。希伦高屋的东西侧各有一套壁炉、烟囱系统，两列烟囱向上突出，构成的整栋房屋的最高点。壁炉内燃烧过后剩下的灰烬早已清理干净，两张书法《兰亭集序》贴在墙上，字体丰腴雄浑，几盆盆栽给安静的屋内增添几分雅致。

　　希伦高屋南面的两层走廊各具特色。一楼的走廊有五圆拱券相隔，围栏为红砖砌通花而成，辅以间隙（图2）；二楼的走廊则以四对白色的塔司干柱子作为承重柱构件，围栏使用绿色花瓶型构件；屋顶又是碧瓦。欧洲的君王们之所以狂热地收藏中国瓷器并摆放在富丽堂皇的大厅里，正是看到了中西风格交汇所带来的奇特的美学特征。

希伦高屋走廊中立柱与围栏的这种搭配方式，不但没有因风格的强烈对比而显得突兀，反而彰显出了中西合璧的特色，既富有交错的层次感，又显得和谐，更是成为希伦高屋的写照与特色。

最令我着迷的是走廊内黑白相间的地砖，依稀记得这是超现实主义画家们的画作中出现频率最多的物什，如今我居然在希伦高屋内部踩着它漫步，不由得有些飘飘然，现实也因此迷幻起来。朦胧中，仿佛看见身着华丽服饰的人们安坐其上，阅读、交谈，而我也是其中的一员。我在此驻足、闭眼，让暖风掠过脸庞，用心感受大都市中难得的宁静。许久后睁眼，放眼窗外，竹影徐徐，小径上伛偻提携，往来而不绝；万草丛中，吊灯扶桑开了，花蕊饱满而下垂，好一番田园篱下采桑编织的惬意。我又想到了岭南水乡，河道两旁有桑树蝉鸣。

希伦高屋落成后，由于大师们的进驻，使这座红楼的历史蕴含愈发地厚重。岭南大学蚕桑科主任夏活先生、古尔和冯世安等先后在此屋居住。蒲蛰龙院士、江静波教授等知名教授也先后在此屋中度过了不凡的岁月。

蒲蛰龙是中国科学院院士，杰出的昆虫学家、教育家、中国害虫生物防治奠基人，南中国生物防治之父。蒲蛰龙祖籍四川，先辈迁居广西钦州龙门岛，到他这一辈时，已在此繁衍生息了10代。1912年农历六月十九，蒲蛰龙出生于云南，1935年毕业于中山大学农学院，1949年获美国明尼苏达大学研究院博士学位。蒲蛰龙夫妇于1949年回到广州，双双被安排在中山大学农学院任教；而后，蒲蛰龙出任中山大学生命科学学院院长。1980年，蒲蛰龙成为中国科学院院士，同年获得美国明尼苏达大学颁发的"优秀成就奖"，国际同行称他为"南中国生物防治之父"。

半个多世纪以来，蒲蛰龙总是以科学家特有的敏锐关注社会、关注民生，运用科学知识解决人们生产上的难题。20世纪60年代，他在利用平腹小蜂防治荔枝害虫的同时，积极为湘西黔阳地区解决柞蚕放养问题，打破了"柞蚕不能过长江"的神话；"七五"期间，他承担了国家攻关项目——斜纹夜蛾核型多角体病毒防治蔬菜害虫中试生产研究；1988年，面对广东的松突圆蚧虫害，他提出了引进害虫天敌、

图3　蒲蛰龙教授半身像　　姚明基　摄

"以虫治虫"的生物防治方法来挽救松林的建议,使广东的松树避免了毁灭的厄运。蒲蛰龙善于领导和团结研究人员不断拓宽研究领域,他率先通过学科渗透、学科交叉,建立了两个新的研究方向——昆虫数学生态和昆虫病理学及基因工作,这两个新的科研方向在实践过程中取得了显著的成果,处于国际先进水平。晚年的蒲蛰龙,不顾身患多种疾病,仍夜以继日地从事微生物防治害虫的科研工作,真正做到了生命不息、拼搏不止。年高德劭的蒲蛰龙,以锲而不舍、孜孜以求的科学精神赢得了广大科技工作者的尊敬和爱戴。

蒲蛰龙不仅是一位学识渊博的科学家,也是一位德高望重的教育家。他严谨治学、谦虚谨慎、虚怀若谷,在从事繁重的教学、科研工作的同时,主动积极地扶掖年轻人,尽心尽力地为我国培养了一大批高级专门人才,其中不少成长为学科带头人,可谓桃李满天下。著名昆虫学家、中科院院士庞雄飞教授在讲述他和蒲蛰龙半个世纪的师生情缘时,深情地说:"我永远忘不了恩师的教诲,也一直以他为榜样,我一家三口都是从事生物防治研究工作的,我们现在所做的都是蒲先生未竟事业的延续。"

我瞻仰着康乐园里的蒲蛰龙院士半身像(图3),回想他严谨治学、高风亮节、无私奉献的一生,心中油然而生一种庄重而神圣的情感。这位20世纪杰出的生命科学家,将永远记载在人类历史发展的丰碑上。

希伦高屋的另一位重要的居住者——著名寄生虫学家、中山大学生命科学学院的江静波教授,于1919年生于福建永定,1948年获岭南大学寄生虫学硕士学位。新中国成立后,江静波历任岭南大学副教授、中山大学教授和博士生导师,寄生虫学研究室主任,无脊椎动物学教研室主任,中国原生动物学会第一、二届常务理事,为我国动物学,尤其是寄生原虫学的发展作出了杰出的贡献。1982年,江静波获英国皇家医学研究院热带病研究奖,1985年被法国自然博物院授予通讯院士衔。1992年,江静波躺在病床上,以自身经历为素材,创作出版的文艺作品《师姐》《晚霞》荣获鲁迅文艺奖。《师姐》中的青梅竹马最终没能在一起,除了造化弄人,更多的是时代的悲剧。而江静波以极其细腻的笔触书写这段爱情悲剧,亦体现了一名自然科学家的文学修养。

1988年左右,一位中医学院教授应邀来中山大学作报告,讲述其科研成果获奖的感受,他一再说明,该成果得到了江静波教授的无私帮助。江静波说:"这不算什么。学术乃天下之公器,科技系国家之命脉。只要于国有利,不必计较你我。"正是出于科学家的爱国良知,长期以来,他对后辈学者热诚地关爱、认真地指点、无私地奉献。

江静波的女儿江桥在回忆录中这样写道:"2002年1月3日,父亲查出脑瘫并送进医院做手术。8个小时后,他随病床被推出了手术室,那时处于半昏迷状态中的他,清楚地对医生和护士说:'Thank you'!而万万没想到这竟然是他在这世上留下的最后一句话!'Thank you'成为他人生的最后遗言!亲爱的父亲,您这感谢仅仅是要送给为您做手术的医生和护士的吗?也许是,但又也许不全是……"

这一番话听起来令人动容,江静波在弥留之际,仍不忘对帮助自己的人予以最诚挚的感谢,他对身边人始终怀有感激的心情,心中装下的是整个祖国。

如果说是兴趣引领江静波教授进入无脊椎动物研究的行列,那么,坚持促成了他学术上极高的造诣,奉献造就了他一腔热血与醇厚的家国情怀，热爱激励着他孜孜不倦地跨领域创作。我站在希伦高屋的立窗前，江静波教授的模样逐渐镌刻进我的心中，他的身影也必将启迪每一位进入希伦高屋的参观者。

伦 敦 会 屋

从南校门走进康乐园，人们在抬头仰望绿色层叠的树木之时，必然会对这条笔直的长坡印象深刻。对许多学生、学者、访问者来说，这条长坡仿佛是一种暗示：人生是需要攀登的，必须努力向上，才能实现目标。其实这并不是刻意为之，整个康乐园都循着地势而建。

在许崇清故居和韦耶孝实屋的东边、临近图书馆的马岗顶上，矗立着三幢建筑，东北区316号的伦敦会屋便是其中的一员。伦敦会屋于1916年竣工，由英国伦敦布道会捐建，故遵照其意愿将建筑命名为"伦敦会屋"。伦敦会屋由三合土建成，专供英国伦敦布道会派来岭南大学任职者居住。与之形成对比的是不远处的教职工宿舍，这也可以体现出当时外国人的特权。伦敦会屋的最初居住者为白士德。白士德由英国伦敦布道会派遣至岭南大学任宗教主任，后历任岭南大学副监督、副校长、代校长。1923年孙中山在岭南大学怀士堂演说，勉励学生"立志要做大事，不可要做大官"时，正是由岭南大学代校长白士德迎接、陪同的。

事实上，在康乐园的建筑群中，由外国人捐赠的统称"屋"，由国人及华侨筹资建立的统称"堂"。希伦高屋和伦敦会屋都以"屋"为名，暗示了其来源。外国捐赠者中包括医生、将军和上层妇女，也有基金会、教会、大学等机构。这类建筑统一地推崇了某种中西合璧的风格——英式红砖墙为主体、中国传统屋顶为"帽子"的混合样式。建筑师们推崇这种建筑的双重文化特征，既表现出他们尊重中国传统文化的谦逊美德，又维持了西式起居方式的优雅得体。

红楼建筑群中西合璧，既有康乐园建筑格调的统一性，又有设计手法的丰富性。希伦高屋属于初期建筑。此时的建筑的屋顶处理手法较为自由，既有教会对尊重中国社会制度的考虑，又有西方折中主义建筑风格的影响。希伦高屋的屋顶覆以绿色琉璃筒瓦，边缘有传统的瓦当、滴水瓦，颇为精细。而伦敦会屋属于发展期建筑。此时的建筑与前一时期相比，更富有浓郁的岭南地域特色；色彩处理上使用了互补色对比、亮度对比、同色系的纯度对比和不同材质的对比，在整体统一的色调上形成了多样而和谐的变化。

仅以这两幢建筑为例，便可知中大红楼在中国近现代建筑史上留下了弥足珍贵的一笔。从早期偏向西式的简单清新，发展到后来的模仿中国宫殿式建筑的庄重大气，反映了时代的价值取向与精神风貌的演化历程。教会建筑是近代西方文化输入的一部分，但其也更深谋远虑地考虑到宗教的推广方式，考虑到建筑风格移植时异地的文化土壤。例如，中国大部分地区采用的建筑用砖是青砖，而红砖虽然是近代建材输入的结果，但其源于自然的温和色调对人构成天然的亲和力，而岭南地区盛产红砂岩，能被广泛应用为建筑材料。红砖的引入正符合近代积极进取的时代精神，亦有利于营造出特殊的校园气氛。如果说广州是改革开放的先锋地，那么红楼的红色便是改革开放时飘扬的旗帜上那一抹靓丽的色彩，意味着中西交融，意味着开放和谐。

遍寻中国，恐怕很难有一所大学像中山大学这样，校园历史建筑群超越了自身的90年历史。一所大学的建成，在那个年代所蕴藏的风格和文化表现，体现着中国历经的巨大转变。现代化国家的迫切任务是建立民族尊严、民族形象，其最重要的表达就是建筑。1910—1930年期间正是处于这样的历史时刻，而中大红楼正体现着当时的风貌。

我想，用文人来形容红楼建筑群是再合适不过的。大师们住在红楼中，在日常生活中渗透当世之才与雅量高致，或是高洁风骨，或是鞠躬尽瘁，或是八斗之才，有的融古通今，有的学贯中西。红楼虽沉默不语，但它们还有许许多多的故事等待着后人去发掘，正如同后人对大师们的怀念与仰慕永远不会停息。

回味这段特殊的历史，我发觉中大红楼的精神实际上流传已久，影响到广州这座千年古城的每一个角落。岭南文化在这片热土上被赋予新的活力，由最初的华夏文明南下席卷珠江，到后来海上丝绸之路开通后域外文化的传入,再经由西方教会文化的浸染,最终造就了岭南文化的开放性与多元性。中大精神实际是以岭南文化为基,博纳诸方文化精髓,而后自成一派,成为融古通今、博大开放、与时俱进的新大学精神。中山大学鲜有官僚与学阀的作风,寄厚望于学生的博学、审问、慎思、明辨、笃行,对学生学术自由与选择包容甚多。这其中不难发现有红楼的影子,悠远历史与独具一格而又富含创造力的建筑结构注定了它的不平凡。

若说红楼是人的化身,那美轮美奂的墙体就是她的妆裳,那万古长青的精神内涵便是她的钟灵毓秀。钱穆赞誉中华文化之深远与活力,欧美只算是中国的清朝,方甘又数岁,我中华虽为耄耋之人,却是鹤发童颜。红楼之象征正如此般,中西交融,化生出她这么一位奇女子。而我也将铭记红楼给我带来的感动,怀着包容、平等、开放的心态,秉承中山大学的风骨气量,向着学术前沿阵地与人生的更高山脉不断进发。

罗砺,中山大学医学院 2019 级本科生

积臣屋

◎ 积臣屋简介

积臣屋（Jackson Lodge），又译杰克逊屋、泽臣屋、则臣屋，原20号住宅，现东北区308号，位于校园中轴线东边、格兰堂东南面。该建筑由时任岭南学校董事会主席的积臣先生（Samuel Macauley Jackson）捐建，美国纽约斯道顿建筑师事务所（Stoughton & Stoughton Architects）1910年设计，落成于1912年。积臣先生逝世后，岭南学校董事会决议将此楼命名为积臣屋。

积臣屋最初为岭南学校校长晏文士博士（Dr. Charles K. Edmunds）住宅，其后用作美国基金委员会办事所，1936年前后用作教务长办公室与西童学校。目前，该楼拟规划用作院士办公楼。

积臣屋旧照

积臣屋正门　　刘雨欣　摄

行走在光芒之中

吴松阳

积臣屋还是很好路过的,只是相比起其他显眼建筑来说,例如爪哇堂,它并没有刻上它大大的名字,以至于我在好几次路过时都没有注意到。

与其他红楼如出一辙,积臣屋的周围也是一片青葱。迎面而来的便是正门前的两棵椰子树,比积臣屋还要高,看起来十分震撼人心,仿佛是这栋楼的守卫。我在植物方面算是一无所知,也不懂得园艺,只是直观地感受到一片绿意。积臣屋周围或高或低的树木,以及围绕着古朴红楼的草地,就这么深入人心,这么让我有点感动。不知道这份感动是从哪里来的,但是跨越这么多岁月,由岭南大学而今,这份绿色依旧在这里,伴着积臣屋,见证风霜雪月,就足以令人肃然起敬(图1)。

积臣屋于1912年落成,之后为了纪念积臣先生的捐款,将此屋命名为积臣屋。积臣先生当时任岭南学校董事会主席,作为一个教会学校,董事会在其中还是有着很大作用的。类似的命名方式在中大红楼里并不少见,像马丁堂、高利士屋、爪哇堂、十友堂等,都是为了纪念捐赠者或是对学校作出过重大贡献的人物而命名的。这本身就给红楼增添了一份历史的厚重感,当它们被提及的时候,便自带了一份故事。

许多中大红楼都经历了用途上的变迁,积臣屋也不例外。积臣屋最初是岭南学校校长晏文士博士的住宅。晏文士博士来自美国,清光绪二十八年(1902)来华,在广州传教办学。作为一

图1 积臣屋　曹讚　绘

位物理学家,晏文士博士自然也对有关自然科学方面的学问感兴趣,于是乎,便有了讨论中国的宇宙概念与现代科学的比较的著作。晏文士博士也是一位校长、一位教育家,也讨论了中国教育方面的问题。科学是不分国界的,自然或人文亦然,晏文士博士已然为岭南学校作出了自己的贡献,也福泽一方。之后,积臣屋又经历了作为美国基金委员会办事处、教务长办公室与西童学校两个阶段。如今,积臣屋正被规划用作院士办公楼。积臣屋的每一个阶段都是有意义的,而中大红楼的每一栋也都是有价值的,就像我们的人生一样,每一个阶段都是必要经历的;就像我们的世界一样,没有什么不必要存在的人。即使经历过战火,中大红楼依旧在这里,不仅见证着历史,也在创造着历史。那么我们呢?自然也要前进吧!"没有谁的生活会一直完美,但无论什么时候,都要看着前方,满怀希望就会所向披靡。"或许就是这么一个道理。

积臣屋的建筑风格是中西合璧的。上扬的青色檐角是中国风的，然而其他部分却给人一种"魔法学院"的感觉。窗户整体呈方形，而唯独上沿是拱起的。站在积臣屋正门前的台阶左边，沿着窗户望去，归属于旁边小楼的树木却与积臣屋浑然一体，光影斑驳间，是一片柔和的画面。积臣屋背面的学院风还是很浓厚的，三层楼有两层能见阳台，还能想象出男女学生在栏杆旁闲聊的画面。这是一种怎样的美好感呢？西式的窗户呈三竖列，左边两列，右边一列，阳台便在它们中间，这么看过去，实在感觉积臣屋是如此的美好。

来之前便听说康乐园是和燕园、珞珈山齐名的，虽然长期都是宅在家里，哪里都没去过，但是初到康乐园便被惊艳到了。我没见过哪里的建筑像是处在一片热带雨林里一样，也没有见过随着地面高低起伏而自然散落其间的建筑群，行走在其中，丝毫不会感到无趣，反而觉得每一个角落都有乐趣。像是在迷宫，又或者是小型的探险，阳光从树叶的缝隙洒落，斑斑驳驳，让人陶醉，每一步都拉着我，让我停驻。我听见周围姑娘们的交谈："在康乐园拍校园剧多好啊。""对啊，连取景都省了，随便一个地方都可以直接拍摄了。"这话不免有溢美之嫌，但是这般风景确实令人心旷神怡。

行走在光芒中——我油然而生的感受。

实际上我并没有来过康乐园多少次，每次基本上都是公事，但这并不妨碍我在办事之余慢悠悠地逛一逛康乐园。第一次的感受便是这里好大，怕会迷路，找不到我的目的地在哪里。确实，跟舍友一边行走一边闲聊，一上午的时光便悄悄溜走。第二次的集体采风，便更加注意这些红色的楼房了，陈序经故居、陈寅恪故居、许崇清故居……感受着这些红楼独特的魅力。我对一切都很有好奇心，都不会觉得枯燥乏味，即使是写策划这种事情，我也是很喜欢的。所以看着康乐园的红楼，我的思绪总是不知飘到何方，当那些光芒照向红楼绿树的时候，我也感到一阵温暖。这或许就是红楼的魅力吧，我无法抗拒。

第三次来到康乐园，参观过校史馆，便拉着最好的朋友跟我一起寻找我的目的地。是的，去寻找积臣屋。正如前言，由于没有刻上名

图2 积臣屋一隅　　郑晴　摄

字,我好像路过了几次却没意识到,最终还是到达了这里。我绕着积臣屋行走,时光仿佛无限放慢。我望着积臣屋的每一块红砖,时已接近傍晚,阳光懒懒地洒下来,又被高高的树木分割,散落在红砖与草地上,我渺小地站在草地上,抬头,只有温暖的感觉(图2)。积臣屋上扬的檐角也显得那么柔和,与自然浑然一体。

我行走在光芒中。

无论是历史的光芒,还是懒懒的柔和的温暖的阳光,抑或是那些自然的事物不经意间在我心里留下的光芒,我深深地爱着这种感觉。

当我环绕积臣屋一圈时,朋友在积臣屋的正门等着我。我再次站在积臣屋的正门前,郑重地凝视一眼。

跟朋友朝着积臣屋正北方向的小路走去,目的地是图书馆。走了一段,我突然停了下来,转身,忽然看见已然很低的太阳依然投下耀眼的光芒,穿过枝丫。我感到一阵颤动,或许是感动,又或是不知从何而来的遗憾。再次转身看见朋友傻傻地继续行走,没注意到我的停

◉ 图3　行走于积臣屋前小径的友人　　　吴松阳　摄

驻，我心头一动，便把他行走在绿荫小道上的场景拍了下来，定格成美好的画面（图3）。

  从前的日色变得慢
  车、马、邮件都慢
  一生只够爱一个人
    ——木心《从前慢》（节选）

  我不是一个读书很多的人，我只会有某种感动，但这样的我也会行走在光芒中，回望着积臣屋，它就在那里，仿佛与我结下了缘。对的，我喜欢这种感觉，喜欢走在康乐园的感觉，只要一次，便再也不会忘却。

  那些人呢？那些与积臣屋结下缘分的人又怎样呢？积臣先生、晏文士博士，以及后来生活在这里、学习在这里的人呢？他们也是行走在光芒中吧，我想。逆行，或顺行。

  那么，只要行走在光芒中，就弥足珍贵了吧。

吴松阳，中山大学信息管理学院2019级本科生

高利士屋

◎ 高利士屋简介

高利士屋落成于 1913 年,建成初期为岭南学校校医兼副监督、副校长林安德医生居所。1931 年前后,香雅各博士曾在此居住。中山大学李嘉人校长、人类学系梁钊韬教授、行政管理学系夏书章教授都曾在此楼居住。2001 年 6 月始为中山大学教育学院心理学系办公及教学楼。2015 年 5 月,高利士屋由中山大学逸仙学院用作行政用房。

高利士屋旧照

高利士屋　曹讚　绘

陈旧，亦活力依旧

杨彩婷

沐浴着正午欣欣然、暖融融的盛华日光，掩映着葳蕤蓊郁造就的葱茏绿荫，位于马岗顶的高利士屋显得格外静谧美好。

我徜徉在岭南风韵十足的康乐园，鼻息间满盈着樟树清淡的芬芳，抬首无须眯眼，只因刺目的灼光粲然已被扶疏枝叶滤过，唯余温煦氤氲的柔和。踏上青青石板铺就的阶梯，漫步细沙参散的清幽小路，兜转、彳亍，终于，此行的目的地——高利士屋映入眼帘。

触目便是颇为熟悉的中大红楼建筑风格，硬质红砖墙，琉璃绿瓦顶，即中大人口中常言的红墙绿瓦。高利士屋以西式红砖砌筑墙体、简化西式双柱等西式建筑风格为主体，兼具曲线流畅优美的琉璃屋顶、锦上添花的彩画等中式建筑特点，是那般端庄古典，惹人驻足。

高利士屋共三层，另有地下室及阁楼，内室建有实木质地的复古楼梯，沿层蜿蜒而上。踩踏在木板上，随之产生的"嗒嗒"声别具一格。柔和的日光映射屋内，空气中的微尘便明灭可见，兼之岁月流逝形成的沉淀感，竟恍然间有种清新与厚重彼此交融的感觉。一吐一纳，明明是习以为常的呼吸，却让浮躁的心渐渐归于平静。眸光落在四周，感慨周遭看似陈旧实则仍然富有活力。即使高利士屋沉静无声，彼时的我依旧凝神静气、扩耳聆听，欲谛听光阴留下的声音，愿与之共情，亲历独属于这栋红楼的历史故事。

陈旧，即言历史悠久。康乐园原本是岭南大

● 图1 高利士屋（局部） 郑晴 摄

学的办学地址，岭南大学的前身乃1888年由美国人士创立的格致书院。1952年，中山大学才迁入康乐园。而精美别致的高利士屋始建于1927年，如其名，此屋是美国高利士博士捐建给岭南大学林安德博士的住宅（图1）。林安德博士长居于此，潜心钻研学术，赋予这座红楼别样风姿。除林安德博士外，李嘉人校长、人类学系梁钊韬教授、行政管理学系夏书章教授也曾居住于此。

李嘉人校长是位优秀的共产党员，1958年以后，历任中共广东省委委员、常委，广东省副省长，中山大学校长等职。他长期参与广东省文教事业的领导工作，坚决贯彻党的路线、方针、政策，认真做好统一战线和团结教育知识分子的工作，努力办好和发展文教事业。20世纪70年代中期，李嘉人校长受教育部的委托，率领中山大学学术代表团到美国访问，打开了中美高等教育、学术交流活动的局面。在他担任中山大学第11任校长期间，强调要紧抓本科教育，紧抓科研，落实知识分子政策，贯彻"双百"方针。李嘉人校长对教育的重视，对真理的坚持，对莘莘学子的关切，就如他所居住的高利士屋那般永远向着朝阳，永远旗帜鲜明、不惧黑暗，永远屹立不倒、光辉永驻。

"不经自己核实的材料不能用，不经自己深思熟虑的观点不要写"是梁钊韬教授时常挂于唇边的话语，这严谨的观点也深深镶入他的治学之中。令人动容的是梁教授的不懈呼吁和不停奔走，使得1981年教育部批准中山大学恢复了停办30年的人类学系。中山大学的人类学研究能在全国人类学研究中占有独特位置，梁教授功不可没。高利士屋曾是梁教授的家，他住在二楼，房间里几个偌大的柜子摆满了书籍，还有相当一部分书籍散落于房间的各个角落。这些书籍多是历史学、考古学、民族学方面的，在梁教授去世后，被捐给了人类学系资料室。在这座红楼里，梁教授潜心钻研学术，藏书万千，更是留下了不少珍贵手稿，为中国人类学事业作出了卓越贡献。

在高利士屋，行政管理学系夏书章教授修身养性、专心治学，彰显了严谨刻苦的学风。夏教授是"中国MPA之父"、中国当代行政学的主要奠基人、行政学家，就学术研究而言，良好的居住环境至关重要，高利士屋因其得天独厚的地理位置和建筑优势，自可为夏书章教授提供舒适的学术研究之所。在如此幽雅静谧的环境中，潜心钻研学术时的精力似乎都更集中了。正如夏教授所言，"有信仰的人永远年轻"，这座高利士屋为众多名人提供了优良安静的居住环境，见证了诸多高尚精神哺育的学术成果，它无疑肩负着这些大家们对信念、对教育、对人民的深切期盼，崇高无上的信仰已在无形中与之融为一体，任岁月变迁，它依旧如初，年轻朝气（图2）。

◉ 图2 幽雅静谧的高利士屋走廊　　郑晴　摄

窗间过马，渤澥桑田，这栋红楼经时光的消磨，多次遭受腐蚀和损害，而今虽大体尚保存完整，却仍带有破损与沧桑的缺憾。它曾夙夜陪伴数位教授，为其提供浓厚的学术氛围，倘若就此破败封用，着实令人惋惜。幸有中山大学校方和香港杨雪姬女士慷慨资助，得以修缮、重焕生机，赓续迎着明日朝阳，熠熠生辉。

　　高利士屋蕴含着历史的光辉，承载着当下和未来的希望。在这里，红楼见证着他们的每一次思考和努力，感受着他们的每一点进步与成长。学生们的欢声笑语，学生们的勤学思考，学生们的成功与失误，红楼都将这些点点滴滴铭刻在心。正犹如红楼的修建历程，从打地基开始，每一步都得牢固踏实。学术研究亦是如此，需脚踏实地、稳步前行，最优解即为走好当下每一步。红楼给我们提供的不仅仅是一个容身居所，它自身的存在即彰显着我们需要感受和领悟的精神，并向我们诉说着务实与坚持的重要。高利士屋虽已年迈，却仍精神矍铄，陪伴着中大人砥砺奋进的每分每秒，期待着我们圆满完成手头的每一项任务，拥有足够的底气去憧憬未来的芳华。

　　红楼意义何在？它承载着无从追返的峥嵘历史，具备着弥足珍贵的现实价值，更寄予着未来年华的无限可能。独将目光落于其上，内心便充盈着无限的美好与遐想。距离高利士屋竣工已将近百年，而今的它依旧魅力照人，如此厚重、如此坚强的它怎能不令人心动，正值青春年少的我们又岂能辜负于它？前进的路途注定不是一马平川的阳关大道，但纵是荆棘丛生的深沟高壑，我们也不能深陷疲惫和畏缩的囹圄。饮冰十年，难凉热血；浮舟沧海，立马昆仑。虽千万人，吾往矣！

　　愿你我过尽千帆，归来仍是少年。知世故而不世故，历磨难而弥天真，正如高利士屋，陈旧，亦活力依旧！

杨彩婷，中山大学农学院 2019 级本科生

爪哇堂

◎ 爪哇堂简介

爪哇堂位于康乐园的西北方,有个异常好记的编号"西北区555号",面北而立。1919年,由钟荣光先生向海外华侨募资而建,为纪念爪哇华侨的赤诚,故将该宿舍命名为爪哇堂。原楼中存有建楼捐款者的尊像及留名,包括大楼东厅的募捐者高丽、许汉智尊像,西厅的黄奕佳尊像,以及房额中丘燮亭、邓荣嵩等募捐者的留名,现已不明去向。楼匾为容庚教授题写。爪哇堂落成后,至21世纪初,一直作为学生宿舍使用。如今的爪哇堂作为物理学院教师及研究生办公室使用。

爪哇堂　佚名　摄

神往康乐：爪哇堂

黄可怡

未见康乐时，便神往之。等我真正身处康乐园内，更是心醉。康乐，带着满园深深浅浅的绿，在阳光下跃动着勃勃生机。2002年，康乐园内一批民国建筑入选了广东省文物保护建筑单位，爪哇堂便是其中之一。

爪哇堂位于康乐园的西北方，有个异常好记的编号"西北区555号"，面北而立。1919年，由钟荣光先生向海外华侨募资而建，用于第一学生宿舍使用。2004年用于物理学院办公，一直延续至今。

康乐园内的建筑具有鲜明的岭南特色，一般都是砖红色的墙体配以绿色的瓦面，爪哇堂也不例外。四层的小楼轮廓线条干净利落，质朴却不显呆板，窗户亦是一种规则非常的几何体，但爪哇堂的整体形象却又透露出中国古典建筑主义的特质。这些元素都彰显了这栋建筑的内在性格，它无疑是理性的产品，深沉、内向而静穆，同时又蕴含着人文情怀，温润且和谐。爪哇堂的设计师埃德蒙兹，将中西两种风格完美融合在了一起。

古玩行里有"包浆"一词，悠悠岁月中，物品因为灰尘、汗水、把玩者的手渍或土埋水沁，变得滑熟可喜，沾染上岁月的印记。百年沧桑，爪哇堂也在流年里逐渐打磨出了一番味道。爪哇堂北面的墙上镶嵌着一块石匾，白色底上飘着絮状的墨色，状如天空中的云，更像是清洗毛笔时墨在水中晕开时的花色。石匾上有着"爪哇堂"三个字,虽是正楷却清俊温润,笔锋带着一丝灵动,字体填充以绿色,在长方形石匾的左下角有小小的"容庚"二字(图1)。

容庚先生字希白,号颂斋,广东东莞人。毕业后历任燕京大学教授、《燕京学报》主编兼北平古物陈列所委员,岭南大学中文系教授兼系主任,中山大学中文系教授。容庚先生是一位非常优秀的古文字学家,著有很多关于古文字、古铜器、书画法帖的专著与文章。他曾在自己的入党申请书中写下这样一句话——"我是野马,是鬼锁,是一个自由知识分子……需要党的铁一般的纪律来约束自己",耿直且真诚。容庚先生是学者,亦是一位眼光毒辣的收藏家,别人看走眼的好物,先生却可以识别出来。在军阀混战的年代,每有青铜器出土,容庚先生都尽力去收购,以免让文物流离海外。驱动先生这样做的,除了对青铜器的热爱,更是一种对国家、对民族的责任感。

康乐园中的建筑的名字大多以它们的捐赠者命名,爪哇堂也不例外。初见"爪哇堂"这个名字时便有些好奇,康乐园中的建筑名称大多带有西方色彩或中式风格,为何偏偏只有这个建筑如此不同,以东南亚一个小岛的名字命名呢?爪哇岛是印度尼西亚的领土,在它的最西边就是印度尼西亚的首都雅加达。爪哇堂就是居住在爪哇的华人捐款建成的,为了纪念华侨对岭南大学的帮助,这一栋楼就命名为爪

图1 容庚教授题写的楼匾　郑晴 摄

哇堂了，而到爪哇岛劝捐的人，就是岭南大学的第一任华人校长钟荣光。

每一所大学都有着自己独特的风格，每一所大学都有着自己的传承与延续，每一所大学都有着自己不得不提的人物，他们是大学的建设者，更是领导者。提起北京大学时，我们会想到蔡元培和胡适；提到清华大学时，我们会想到梅贻琦和罗家伦；提到南开大学时，我们会想到张伯苓……而提到岭南大学时，就不得不提钟荣光。人们常说"北有蔡元培，南有钟荣光"，这话不无道理。如果不是钟荣光先生于1908年至1917年耗时9年，奔走全球募集资金，建设岭南大学，那么，1927年时能否将岭南大学从美国势力手中收回则难以定论。

外界对钟荣光先生有许多的评价，先生的身上也总有许多的传奇故事，有人称先生是"浪子""猛士"……是的，这些都是先生，但是先生更是一位怀抱热忱之人，一位真正的教育家。在资金匮乏的年代，是这样一个人，奔走海外，掘土为金，建起了康乐园的大半建筑。

我想，没有人会不爱康乐园，自由开放的现代氛围、历史厚重的沉淀在这里共存。走访过康乐园中的一栋栋建筑，置身于草木的包围中，如同在大自然中品味一段段历史留下的余韵。

神往康乐，不仅仅因为它层层重重、泼墨般的绿，它红砖绿瓦的精巧美丽，更是因为那深深刻在骨子里的名人印记，是容庚先生为学做人的气派，是钟荣光先生毅然为教育事业奉献全部的无畏……大学，何以为"大"，正是有了那些学者、教授、领导人物，大学才被称为大学，而他们的精神必将影响一代又一代的于康乐神往者。

黄可怡，中山大学公共卫生学院（深圳）2019级本科生

印象·爪哇堂·过客

吴松阳

爪哇堂因其由爪哇岛一带的华侨捐赠建立而得名。这是很容易猜到的,就像"陈序经故居"这种名字一样,第一次听见就会有一个大致印象。所以我以为爪哇堂大致就是印度尼西亚风格的建筑了。

结果证明我错了。作为中大红楼的一分子,它与现存的康乐园早期建筑群里其他红楼的建筑风格一样,是中西合璧的。不过第一眼看上去,确实西式风格更为突出。然而在康乐园的一片绿色之中,倒也异常和谐自然,红楼的红色与之相辅相成,构成一幅静谧美好的画面。红砖、绿树、青草、土地……阳光洒落,枝条掩映,已然在画中。

爪哇堂是很好找的,因为容庚先生题写的"爪哇堂"三个大字,便出现在红楼北面,一眼可见的堂匾。虽说有些失去了寻找的快乐,但是看见度过百年历史的红楼,便又觉得不虚此行。

像积臣屋那种红楼,就那么一整个地立在那里,爪哇堂却是横向伸展的。当我围着爪哇堂缓缓行走之时,便感觉到了它的庞大。爪哇堂为四层建筑,由上海布道团建筑师事务所设计师埃德蒙兹设计,建筑的设计风格是西方工程技术和理性主义设计手法与中国传统建筑形式的融合。一至三楼的窗户从下往上依次变小,三楼窗户下面的黑色镂空雕花给这栋建筑增添了一些趣味,这便是典型的中国风。三楼的窗户上方是房檐,青色的、向下自然延伸的檐与檐角,别有一番古时

图1 爪哇堂的门窗　　刘姝贤　摄

南方水乡的味道（图1）。这层屋檐上面又是一层窗户，四楼的窗户上面是房檐、琉璃瓦顶，古朴典雅。这样的建筑我还是第一次见，却是直接感受到了它的美，这些房檐、镂空雕花，与纵横延伸的西式房屋浑然一体，美不胜收。

我一度将挂着"爪哇堂"堂匾的那一面认作正门，因为它比正门显眼很多，后来看见正门旁边"中大西北区555号"的门牌号才发觉自己弄错了。不过堂匾下只有镂空雕花，并没有门，实在不知自己为何会认错。挂着堂匾的一面是成标准的对称状的，"爪哇堂"三个大字两边是四层与普通窗户并行的镂空雕花窗，从上往下排开，比起普通窗户，显得柔美寂静；大字之下是横着的一排镂空雕花，之下又是两个方形的雕花窗。不得不承认，这些雕花着实好看。黑色的雕花、绿色的房檐，这些中式风格和西式建筑在一起，围绕着堂匾，构成爪哇堂最显眼的部分。堂匾相比两边墙壁成凹进状，这种起伏反倒给人很舒服的感觉。

爪哇堂原本是岭南大学的第一座男生宿舍，后改为男女共住的教工宿舍。总之，是作为宿舍用的。但是碍于我对宿舍的刻板印象，我根本想不到它最初是这个用途，至少从建筑外观来说，我是看不出来的。于是向爪哇堂的南面走去,进一步观察这栋建筑。

第一眼看去,爪哇堂的南面与北面相比确实并没有太大差别,但是当我靠近它时,却被它的两个凹进去的部分吸引住了。这是小型的天井院吧,三面都是窗户,只有一个小小的开口以供进出。我站在这个小型天井院之中,抬头向上,四四方方的天空,不免让我想起小时学的鲁迅先生的一篇课文,但此时的我性情却与先生不同,先生是总想脱离这个四方天空,而我却被这四方天空所吸引。青色的檐角三面围起,之下是窗,之上是天,我感到四处都有光明与希望。

看着典雅大气的爪哇堂,不由得羡慕有幸住在这里、学习在这里的前辈们;但是转念想到它曾一度作为避弹室使用,又感到一阵难过涌上心头。建筑就这样无声矗立,像人一样,经历过起起落落;像世界一样,经历过战争与和平(图2)。但是迄今,它仍然立在这里,带着它的故事,就像丁玲所说:"存在便是一种大声疾呼,便是一种骄傲,便是给絮聒以回答。"

● 图2　爪哇堂　　曹讚　绘

对于爪哇堂来说，我是一个短暂停驻的过客；对于我漫长的一生而言，爪哇堂也只算是我的过客吧。漫步中大红楼间，因为时间有限，我并没有长久停驻于爪哇堂，但是那四方的天空和亲切的天井，停驻在我心里，直到现在，或者未来。对啊，虽然时间不长，但是每一刻都是有价值的。人是感情动物，我这么认为。所以当四四方方的天空触动我的内心的那一刻，我就知道了，我是喜欢爪哇堂的。或许是因为它带我进入一种深邃的境界，又或许是沉浸于它的美，抑或只是跟随着它的脚步，一砖一瓦，畅叙幽情。它是我旅途中的过客，我亦是它历程中的过客，但在这交错的一刻，感受到的美好变成了永恒的记忆。

中大人对红楼的执着便是五彩缤纷的吧，各人有各人的解读，但只要它在某个时刻、某个情境下触动了你的内心，那便是弥足珍贵的了。作为过客，也作为光芒。当我们想起那些前辈们奋笔疾书的日子，当我们回忆起自己与红楼的缘分时，想必会充满力量，继续向前吧，继续怀着自己的梦想，奋斗在中山大学的每个角落，奋战在课堂、图书馆，抑或是某个有意义的地方，续写着自己的故事。

康乐园里的时光匆匆而过，不知是否会再次造访爪哇堂，但是一次就好，我不会忘却那种感觉，四方的天空、醒目的堂匾、飞起的檐角……金色的阳光缓缓洒落，这是故事中的爪哇堂，是印象中的中大红楼，最温柔的回忆。

八角亭

八角亭旧照

◎ 八角亭简介

八角亭（Fruit Kiosk），西北区542号，钢筋混凝土砖混结构建筑，重檐攒尖八角亭，底座同为八边形。八角亭位于康乐园中轴线以西，与乙丑进士牌坊相对。八角亭落成于1919年，在建成之初是艺徒果店，所得收益用于岭南大学基督教青年会开办艺徒学校。后被学校收回改办消费合作社，之后又成为中山大学物理科学与工程技术学院的电解质实验室。2003年，电解质实验室搬出后，经学校重修，作为校内一处景观以供参观。

八角亭　佚名　摄

亭内春秋

黄可怡

康乐园里的建筑大多以红墙绿顶为特点，可有两座亭子特立独行，紫色屋顶分外醒目：一个是位于中轴线上的惺亭，另一个就是位于西北区的八角亭。

八角亭，西北区542号，与乙丑进士牌坊相对。1919年由上海布道团建筑师事务所设计师埃德蒙兹设计，并于同年落成。除了八角亭，十友堂、爪哇堂皆经由埃德蒙兹之手孕育而出。

虽是同一个设计师所设计，八角亭的风格却与爪哇堂的风格截然不同。如果说爪哇堂是民国时期说着一口流利英语，穿着漂亮精巧的洋装晚去跳交际舞的小姐的话，八角亭就是身着旗袍的端庄妇人，周身透着一股浓浓的中国古典气息。八角亭分上下两层，砖红色墙体配以明丽的紫色亭顶，每一层亭顶都有四个飞檐，檐角尖微微翘起，整体呈金字塔状，底层敦厚稳重，第二层中国古典风格的木质绿色玻璃窗十分亮眼。比起惺亭的精巧，八角亭的气质更为拙朴可亲。

人们说亭者，停也。亭子作为中国古典建筑，本就是供人纳凉休息的场所，也兼顾着观赏性。"花间隐榭，水际安亭，斯园林而得致者。惟榭只隐花间，亭胡拘水际，通泉竹里，按景山颠，或翠筠茂密之阿，苍松蟠郁之麓；或借濠濮之上，入想观鱼；倘支沧浪之中，非歌濯足。"《园冶》中的亭就是这样美丽的存在，不同于现代建筑与自然相碰撞的顽固，亭存于在自然的怀抱中。亭在兼具美学性质的同时也有着各种各样的功能，

● 图1 八角亭　　刘雨欣　摄

可以分为路亭、街亭、桥亭、井亭、凉亭等。康乐园中的八角亭（图1）一开始的作用十分特殊，如果你曾看到过它的宝顶，或许可以猜到一二。宝顶是亭的最高处，八角亭的宝顶是一盘水果，中间有一只肥美的田螺。是了，八角亭建成之初是一个水果店，所得收益则用于岭南大学基督教青年会开办艺徒学校。可以想象当年的八角亭，飘散着淡淡的果香的重檐建筑，吸引着过往师生，纳凉之余又可以品尝水果消暑，在没有空调可用的炎热夏天，这该是怎样一份享受，或许这也是设计师的一点巧思吧。

我们总在人生舞台上扮演着不同的角色。如同人一样，漫长岁月中，八角亭的身份也几经变化，从最初的艺徒果店转变为消费合作社，之后又用作物理科学和工程技术学院的电解质实验室。2003年，电解质实验室搬出，如今的八角亭除了作为一个景点供人参观外，并无他用。

不只八角亭，康乐园中的建筑大多有着丰富的经历和多重身份。黑石屋曾经是岭南大学第一位华人校长钟荣光的住所，现在是贵宾招待处；马丁堂在时间的长河中依次扮演了教学楼、图书馆、人类学系办公大楼和博物馆等角色；在抗日战争时期，为保证正常教学，陆达理堂的地下室曾经用于临时教室……时光走啊走啊，康乐园内的建筑一次又一次地更改自己的身份，在不同的时代背景下出色地完成了每一次任务。时代的痕迹在康乐园中凝聚成一个个微观缩影，一层层覆盖在红砖绿瓦之上。

地图是平的，历史是长的，艺术是尖的。康乐园在湿润的红土地上，用一砖一瓦投影出一段悠悠岁月。在盛放的绿意中，在阳光下飞舞的尘埃中，在来来往往行人的眼眸中静静伫立，陪伴着，守护着，亦等待着。我想，许多年以后，当我再次回到康乐园，一定会心潮澎湃、感慨万千吧。康乐园中的建筑本是静物，但回首时，心中为何会如此荡漾？想来，在不知不觉中，在日晒雨淋风蚀尘染中，康乐园的建筑早已成为许多人记忆中不可磨灭的一部分了。在这里，康乐园的建筑就好像一排排指路标，看到它们，那些流失在时光中的记忆就找到了归途（图2）。因为康乐园，我们有了来处；有了来处，就有了牵挂；有了牵挂，灵魂就不再流浪。

若把人生的种种比作珠子，时光就是一把梳子，梳得线断珠散，梳得人流离失所，但是只要在未来的某一刻，不，某一瞬间，你将我想起，那么散落的珠子就可以重新形成一个完整的圆。八角亭在康乐园的众多建筑中并不算突出，没有华美的外表，没有辉煌的经历，谈资不算多，可能连名字都透露着那么一点随意，可是我想，总有人会想起那个炎炎夏日，飘着果香的小亭，并将它作为一粒珠子放进人生里。

● 图2　八角亭　　曹讃　绘

相约

张晨

岭南冬日午后，
洋紫荆留下了倒影。

一九一九的你，
与二零一九的我，
相约静止。

西北区542号，
我曾闻他人这样唤你；
四角成双，八边为底，
我曾看画笔这样绘你。

记忆的相片中，
紫瓦脊，绿瓦面，
紫色通花悄悄藏在重檐之间。

当琉璃瓦泛起紫晕，
瓦当的菊与滴水的莲正诉着古典。
紫色通花消融时，
绿色玻璃窗慢慢浮现，
水果亭尖藏着一只肥美田螺，
你与农事的故事还未讲完。

被遗留的，被洗刷的，
还有那持久存在着的，
百年与你我无言。

张晨，中山大学法学院2019级研究生

风华绝代

麻金墨屋一号的廊与拱券内景　姚明基　摄

陈耀真、毛文书故居

◎ 陈耀真、毛文书故居简介

陈耀真、毛文书故居,即美臣屋二号(Mason Lodge No.2),又称19号住宅,位于康园中轴线东侧、神甫屋西侧,现编号为东北区304号。美臣屋二号建于1919—1920年间,是美臣先生出资捐建的两栋教师住宅之一,另一栋住宅名为美臣屋一号。美臣屋二号建成后长期作为教师住宅使用。1936年前后,为岭南大学历史政治系教授兼系主任包令留的住所,后又作为中山大学行政学院行政管理中心用房。现为中山大学廉政与治理研究中心使用。

陈耀真、毛文书故居旧照

陈耀真、毛文书故居一角　郑晴　摄

百年红楼，一生所爱

闫彤

康乐园红楼大多以其统一但又独特的建筑风格和命名形式，为康乐园增添文化底蕴，注入灵魂。远看皆是红墙绿瓦，近看却远近高低各不同，造型各异、体态有别的红楼掩映在绿树成荫的康乐园里，恰似一朵朵含苞待放的扶桑花，优雅知性。追溯起来，红楼大多历史悠久，历经百年风雨，褪去稚嫩的红墙反倒更添质朴高贵的气息，衬以极具东方特色的绿色琉璃瓦，红裙绿波的南国少女形象呼之欲出，为中山大学广州校区南校园增添了别致的南国风情。在滔滔流转的历史长河里，红楼默默承载着中山大学的发展历史，见证着一代又一代中大人的似水流年。

这样俏皮活泼又不失优雅的精致红楼，怎能不叫人心生欢喜？

正如中山大学原党委书记李延保教授所言，"每一幢康乐红楼都蕴藏着许多故事，叙述着做学问的艰辛，记载着名师们的风采"，每一幢红楼都代表了一段历史、一个故事、一位人物。曾以为每一幢红楼都有属于自己的名字，若非像马丁堂一样为纪念捐赠者而命名，便是像新女学一样由其功能所决定，鲜少遇见如同19号住宅一样简单质朴的名字。然而正是如此低调的名称，给了我不断发现的动力，驱使我探寻其背后的故事。

现编号为东北区304号的19号住宅默默地掩映在康乐园的参天古木中，低调到连建筑年代都语焉不详。19号住宅曾多次转换身份：岭南大学历史政治系教授兼系主任包令留的住宅，Ruth

● 图1 陈耀真、毛文书故居　　郑晴　摄

  L.Gills和英语系卢施博士曾在此居住,曾是中山大学行政学院行政管理中心用房,陈耀真和毛文书夫妇曾在此居住。一重身份代表一段故事,一段故事丰富一重身份,在不同身份与不同故事的交汇间,19号住宅愈发庄严起来(图1)。

  现今中国眼科学者中,应该鲜有人不知陈耀真、毛文书夫妇。被誉为"中国眼科界居里夫妇"的陈耀真、毛文书夫妇,毕生从事医学教育事业，发展中国的现代眼科学，一生为防盲治盲呕心沥血。在康乐园（当时为岭南大学医学院）的许多年间，博雅温和的陈耀真先生和敏锐利落的毛文书女士相互扶持，共同为全人类的眼科事业奋斗。

陈耀真在美国波士顿大学获得医学博士学位后，在世界闻名的美国霍普金斯大学威尔玛（Wilmer）眼科研究所从事眼病研究。1934年，陈耀真放弃美国优越的工作和生活条件，回到苦难深重的祖国并扎根于此。1939年，陈耀真在四川成都华西协合大学存仁医院眼科任教授。在这里，他认识了刚毕业的女医学博士、聪慧灵巧的毛文书。1940年，相差11岁的他们结婚了，婚后诞下4个女儿。1947年，在陈耀真的鼓励下，毛文书前往加拿大、美国深造。1950年，陈耀真、毛文书夫妇一起应聘到岭南大学医学院，与康乐园结下不解之缘。陈耀真、毛文书夫妇相互理解、共同进步，终于在1965年完成了多年的夙愿：从最开始的两个医生、两张病床起步，创办了中山医学院眼科医院，这是第一间中国高等院校附属眼科医院。此后，他们又实现了建立中山眼科中心的伟大梦想，为中国眼科事业的发展奠定了良好基础。

站在庄严低调的19号住宅前，眼前不禁浮现出这样一副画面：月色明朗，星辰灿烂，透过红楼宽大的玻璃窗，一缕月光温柔地洒在陈耀真先生秉灯夜读的书页上，月色微凉，毛文书女士抱来一条毛毯，轻轻覆在先生肩上。先生转头，注视着同样乏累的妻子，轻声叮嘱一声"先睡吧"，然后继续全身心地投入到眼科知识的海洋中。这样的场景似乎并不显得多么与众不同，却是陈耀真、毛文书夫妇难得的相处机会。他是她的老师，她是他的伴侣，46年的风雨相伴却很少能一起吃上一顿完整的饭，女儿眼中的父母总是匆匆，又匆匆。

陈耀真先生逝世后，在第25届世界眼科大会闭幕式上，数百名国外眼科专家全体起立，第一次为一位中国科学家的逝世默哀，时任国际眼科学会主席毛莫尼沉痛宣布："5月4日，国际眼科界的一颗巨星陨落了！"两年后，毛女士也追随而去。他们的爱情并非轰轰烈烈，却在共同为人类奋斗的道路上日渐深厚，在最后的一凝眸间，在万千病人的重见光明中，得以永生。

百年红楼，见证着陈耀真、毛文书夫妇的奋斗故事，他们平淡的幸福也为红楼增添了别样的浪漫色彩。网上传闻是仓央嘉措所作的《见与不见》这样写道：

你见，或者不见我
我就在那里
不悲不喜
你念，或者不念我
情就在那里
不来不去。

19号住宅淡然地处在绿树成荫的康乐园里，不悲不喜地感受着每一位居住者的喜怒哀乐，亦在不知不觉中，成为无数中大人的心之所在！

百年红楼，见证着无数像陈耀真、毛文书夫妇一样的先贤，在追求真正学问的道路上不断向前，在此过程中，康乐园的学术文明更是在不断攀升，并无一例外地成为在康乐园学习、生活过的无数中大人的心之所向。红楼之美，不止在其红砖绿瓦的相辅相成，更在其檐下人生活的点滴精彩，二者的融合与发展，使红楼的魅力历久弥新。冬去春来，寒来暑往，百年红楼历经风雨而更加坚定，静立在康乐园里，优雅而迷人地存在着。

百年红楼，一生所爱。

闫彤，中山大学电子与通信工程学院2018级本科生

伦敦会屋

◎ 伦敦会屋简介

伦敦会屋,东北区316号,位于校园中轴线以东的马岗顶,在许崇清故居和韦耶孝实屋的东边,邻近图书馆。伦敦会屋于1916年竣工,由英国伦敦布道会捐建,根据其意愿,命名为"伦敦会屋"。伦敦会屋用三合土建筑而成,专供英国伦敦布道会派来岭南大学任职者居住,最初的居住者为白士德。中山大学前校长黄焕秋曾在此居住。现由中山大学信息科学与技术学院计算机应用研究所使用。

伦敦会屋旧照

伦敦会屋近照　　佚名　摄

砖瓦之间，风骨永传

刘姝贤

在中山大学广州校区南校园东北区316号，一座已有百余岁的红楼——伦敦会屋，安静地伫立着。天气晴好时，阳光便似流水，顺着木制窗棂和红砖流入窗户和门廊，来自花草树叶间或是砖缝中的细小尘粒，在空中缓慢地漂浮旋转，树影斑驳，明暗依风温柔地交叠，像人流动的眼波，透露着隐约变化的神情（图1）。

建筑应当是有记忆的。从其轮廓在稿纸上初现之时，某些记忆便开始与其有所感应；而后第一块砖落地，切割、打磨、堆砌，直到最后一片瓦填上屋顶的空缺。从绘图者耐心的笔尖到工匠粗糙的双手，从第一位居住者来回的脚印到游客好奇的指尖，建筑不仅被赋予独特的美学意义，从雏形起，它便开始了与一切有联系的人和物的隐秘的对话，由此填满设计者和工匠之力所不能及的空隙。

◉ 图1 竹叶横斜，迎光摇曳　　郑晴 摄

伦敦会屋便是这样的一座建筑。百年间，伦敦会屋最有名的居住者当属中山大学的老校长、教育家黄焕秋。我站在这座楼前，深知这里有一段我未曾走近的岁月，曲折动人的往事的气息潜藏在历经风雨和寒暑的砖瓦之中。当我看着窗户玻璃映出屋内陈列的暗影和屋外交错的枝叶，想象着许多年前黄焕秋校长曾如何站在窗边，将目光穿过康乐园茂盛的草木，直至触及中国大学和教育犹待开拓的未来，心里充满着热血和感动。

黄焕秋，对于老中大人来说，是一个熟悉又亲切的名字，他的身影曾鲜活地渗透在康乐园中，三起三落的人生经历更成了一段传奇。在中山大学悠长的历史中，他领导着学校穿越重重险阻，使中山大学民主、自由的学术精神得以薪火相传。在改革开放初期，他更是高瞻远瞩，带领着中山大学勇立潮头，为学校的发展指明了方向。

1916年，黄焕秋出生于惠州的一个教育世家，其父为惠城知名老校长黄植桢。也许是受家族文化熏陶，黄焕秋1933年报考中山大学时，选择的就是教育学专业。和那个时代的年轻人一样，黄焕秋在读大学时开始接受共产主义思想熏陶，是个向往革命的激进青年。1935年，黄焕秋毕业于中山大学教育系。抗日战争时期，中山大学由广州迁至云南，再搬到粤北坪石，当时才20多岁的黄焕秋在时任校长许崇清的领导下出任新生指导员一职。后来的半个多世纪，黄焕秋历任中山大学教务处长、党委副书记、副校长、校长、党委书记、顾问、中山大学校友会会长、中山大学校友总会名誉会长等职，与康乐园结下了一生的深厚缘分。

20世纪70年代末的中山大学仅剩数、理、化、生、地、文、史、哲等专业，复办专业迫在眉睫。黄焕秋首先提出了复办院系，法律、经济、人类学、社会学、计算机系、气象学……10多个系陆续复办。而复办院系面临着两大难题：一是复办文科专业与当时风气相悖，二是人才奇缺。当时，不少人不同意复办文科专业，觉得毫无用处。而黄焕秋顶住了巨大的压力，力排众议，将中山大学的文科专业一个一个地复办起来。为了尽快补足师资力量，黄焕秋与中山大学原人事处处长罗睕华四处奔走，网罗人才。当时，黄焕秋执意招入两名老师教授日语，虽然他们受过审查且有海外关系，这在当时都是高校聘请教师的"禁区"，但黄焕秋无惧风险，招入这两名老师。黄焕秋的大胆用人，为中山大学向综合性大学发展奠定了坚实的基础。从那时开始，中山大学的文科专业发展迅速，哲学、人类学、历史学、中文等专业的学术研究水平均走在国内前列。

1980年，黄焕秋出任中山大学校长，此时的中山大学经费不足，教育设施紧缺。黄焕秋大胆地提出设想，去团结海内外热心教育、关心祖国发展的人士，动员他们捐建教学设施。位于中山大学广州校区南校园的梁銶琚堂，即是由香港知名实业家梁銶琚先生于1982年捐资兴建的。改革开放初期，鲜有大学敢用企业家的名字为一栋楼命名，但黄焕秋敢为天下先，以捐资人的名字命名大学建筑。提起梁銶琚堂，许多老中大人都会对黄焕秋赞不绝口。

"焕秋同志"或"秋哥"是很多中大人对老校长的亲切称谓。那时的中山大学，黄焕秋和教职员工聊天的身影是康乐园里一道独特的风景线。有教授回忆，黄焕秋走到哪里，必然有教师或其他什么人和他边走边谈，而他一直保持着对知识分子一贯的谦逊姿态。

1992年离休后，黄焕秋仍然心系高等教育，满腔热情地全力支持中山大学历届领导班子的工作，为中山大学的发展竭尽全力。1998年，因为在教育事业上的杰出贡献，黄焕秋获"中山大学霍英东成就奖"。颁奖典礼上，中山大学为黄焕秋老校长送上了由中文系黄天骥教授亲笔书写的"南天星斗 学苑栋梁"匾幅，八个掷地有声的大字正是黄焕秋为教育事业奉献一生的真实写照。2010年2月28日凌晨2时43分，黄焕秋在广州逝世，享年94岁。他那睿智、随和、开明、谦逊的伟大形象永远留在一代中大人的记忆中，那献身于中山大学、中国教育事业的光辉一生，更为中山大学和中国教育事业作出了独特而不朽的贡献。

我想，伦敦会屋必定记住了黄焕秋的身影。地板上仍有他踱步的痕迹，每一扇门仍保留着他手掌的力度，每一面墙壁看着他的身形由笔挺逐渐变得佝偻，窗户仍记着他望向远处的目光，那目光也许有过一丝疲惫和焦虑，但立刻被深情和期望填满。

● 图2　伦敦会屋　　曹讃　绘

　　每当我走过伦敦会屋（图2），忆起黄焕秋老校长的传奇人生，想起他曾在这里度过不凡的岁月，想起许多创举曾在这里被构想，便感觉伦敦会屋在默默传送出一种期望和一股平静而坚实的力量。如同康乐园的陈寅恪故居，居住者的气质与风骨将会在与建筑共处的时光之中融入建筑的筋骨，成为其不可磨灭的一部分，嵌入建筑的生命里。

　　时光荏苒，尽管屋内陈设已经改变，房屋也用作他途，黄焕秋那为中山大学的前程、为知识和光明而开拓和奋斗的身影仍伴随着晨光与暮晖，留存于伦敦会屋的砖瓦之间，留存于康乐园每一个生机盎然的角落，其风骨，山高水长，生生不息。

刘姝贤，中山大学信息管理学院2018级本科生

宾省校屋

◎ 宾省校屋简介

宾省校屋（Penn State Lodge），又名宾省大学屋、许崇清故居，现编号为东北区317号，位于校园中轴线以东的马岗顶，在图书馆东面、伦敦会屋的西面、韦耶孝实屋的南面。宾省校屋于1920年竣工，由美国宾夕法尼亚州立大学出资捐建，命名为"宾省校屋"，以作为宾夕法尼亚州立大学来华职员宿舍，当时为曾任岭南大学农学院院长的高鲁甫（George Weidman Groff）的住宅。著名教育家许崇清先生曾在此居住，其晚年之论著《人的全面发展的教育任务》亦在此完成。中山大学于2004年9月立石碑纪念许崇清先生，将此屋命名为"许崇清故居"。现使用单位为中山大学历史人类学研究中心。

宾省校屋　　曹讚　绘

十年树木，百年余荫

刘雨欣

春天的宾省校屋是最美的。一帘宫粉羊蹄甲垂挂在屋前，像拢着一团梦境。在绿树环抱下，踏过碧草，便走进这座精巧的红楼。许崇清先生的铜像立在楼中，目光炯炯，儒雅中又透着坚毅。

宾省校屋有过三重身份：宾夕法尼亚州立大学来华职员宿舍、教育家许崇清先生故居、中山大学历史人类学研究中心。三个名字，勾连起无数史海往事。

在1952年中山大学迁入前，康乐园是岭南大学的校址。岭南大学作为教会大学，前身是1888年美国友好人士创办的格致书院，经过岭南学堂、岭南学校的多次名称演变，1927年起作为私立岭南大学存在。

19世纪末至20世纪初是中国教会大学的初创期，西方建筑师将对东方文化幻梦式的设想与其西式建筑经验相结合，在华夏大地上留下了许多异彩纷呈的中西结合建筑。岭南大学在诸多教会大学中是一个特别的存在，因为它削弱了教派色彩，以友善的姿态欢迎中国人的合作。

有一位曾居于宾省校屋的人，在康乐园播散下了芳意百年的种子，他就是高鲁甫（George Weidman Groff），1920—1941年居住于此。高鲁甫毕业于宾夕法尼亚大学，研究农学与园林学；他是第一位来华的农学传教士，也是康乐园的第一位园艺师。广州的知名品牌华农酸奶也与高鲁甫有着千丝万缕的联系。高鲁甫将美国的畜牧技术引进中国，牧草稀少的岭南地区也因此建立起

◉ 图1　宾省校屋旧照

了蔚然壮观的乳品厂。1939年，岭南大学农学院的乳品与冰激凌便已经声名远播。

如今，我们习惯了康乐园的绿意盎然。你可曾想过，若这里寸草不生，该是怎样的光景？在康乐园最早期的照片里，红楼旁其实并无多少植被，最多是低矮的灌木，更多的则是裸露的土地。楼与楼之间毫无遮蔽，开阔却也荒芜，宾省校屋亦是如此（图1）。

一切在高鲁甫到来后才发生改变。棕榈、大王椰子、长叶刺葵、油棕这些热带植物如今在广东随处可见，然而这些植物最重要的一个起点，就在康乐园。这些植物本来只生长于东南亚，是由高鲁甫引进到康乐园，然后蔓延至广州乃至全国的。如同星星之火可以燎原，亦如友人的折柳相赠换来了十里柳堤。白千层、柠檬桉、木麻黄、南洋杉等康乐园代表性的植物，亦是由高鲁甫从澳大利亚引进的。寂寞的红楼终于有了绿树相伴，像一块玉玦找到了与之相配的翡翠。

重视绿化是教会大学的一大特色，旨在以幽雅的环境促进师生交流，增强学校在精神层面的影响力。我确实喜欢与同学在校园草木间漫步，植物的灵性如甘露般渗入空气中，沁人心脾。绿树，红楼，清风，缓坡。白日里，蓝天澄明，光与色鲜妍明丽；夜晚时，云霭微紫，树影斑驳，神秘魔幻。与友人散步，有时难免觉得美食街、夜宵摊太过喧嚣，偏爱往月影迷离的校园中寻一份诗意。我曾在朋友生日时，送他一套我手绘的明信片，以黑白线稿画出我们夜聊漫步的场景。其中许多场景就在中山大学，比如花草蔓蔓的草坪，比如古木环抱的校道。因为我们的友谊正是在一次次夜聊中加深，校园郁郁葱葱的草木，正是见证者与守护者。

我下意识地在每一个夜谈的场景都点缀了一枚月亮，形态各异，有树梢的上弦月，也有山坡的半月。若真真要回忆起当晚的月亮是什么模样，我说不上来，但心里总有个淡淡的影子，觉得月亮该要出现。因为月亮是见证者。夜里的事于个人是重要的，但于世界是微茫的。我们会希望有那么一个存在，忠实见证着我们的心路，甚至把沧桑的痕迹刻上她斑驳的月面，像海枯石烂一类的幻想。若存在这样一个见证者，而且她的面目朝夕都在改变，明晦不定如我们的心事，那实在是一件妙事。

人的生命是短暂的，但树木的生命永远延续着，根系广布，余荫沁凉，枝繁叶茂。这根系深深地扎下，接通着血脉，勾连起超越民族与国界的大爱。

一段关于高鲁甫的介绍这样写道："即使是在抗战期间，他依然为保护岭南大学校园和设备而留在中国，并为难民工作提供帮助，直至1941年因为健康问题回到美国佛州。而在抗战胜利后，高鲁甫再次回到了中国。"支撑他留在中国的究竟是什么感情，传记中已难觅究竟。或许就像他迁移的苗木一样，高鲁甫的一部分骨肉，已扎根在了中国。

木心的诗歌中常常写到树木，比如《旷野一棵树》"渐老／渐如枯枝／晴空下／权桠纤繁成晕／后面蓝天／其实就是死／晴着／蓝着／枯枝才清晰"，比如《爱情是棵树》"一堆清香的屑／锯断了才知／爱情是棵树／树已很大了"，比如《杰克逊高地》"天色舒齐地暗下来／蓝紫鸢尾花一味梦幻／都相约暗下，暗下／清晰　和蔼　委婉／不知原谅什么/诚觉世事尽可原谅"。他笔下的树自由、舒旷，站立成比人更挺拔的姿态。

每当宾省校屋门口的宫粉羊蹄甲开放，就是一帘粉紫的幽梦，轻盈舒雅地悬着，像在风中摇坠欢歌的风铃，倾诉着难解的故事。高鲁甫呵护过的那些草木，郁郁葱葱地结满了整个康乐园，像一个绿色的怀抱。

林木不仅是校园环境的附属品，更是精神的栖息地。栽种它的人或许被遗忘了，但是不断有新一代的人在其荫蔽下蓬勃新生。桃李不言，下自成蹊。

同样围绕着我们、却时常被忽视的，还有这一座座红楼（图2）。红楼的名字是它们的密码，是历史的脚注。康乐园红楼多是以人名命名，如马丁堂、谭礼庭屋、积臣屋、麻金墨屋、黑石屋，这些多是捐赠者，或对校园建设作出卓越贡献者的名字。

作为不归属特定教派的教会大学，岭南大学的资金基本来源于捐款。在那个艰难的年代，不知要多少次奔走呼告，才能换来一座小楼的落成。名字，是对他们的致敬与怀念。名字融进了砖瓦间，至今向来往的师生投以温柔的注视。正是这一个个名字，串起了康乐园建筑的骨骼。

宾省校屋另一位重要的居住者，1952—1969年居住于此的，是曾任中山大学校长的许崇清。许崇清校长提出反帝反封建的教育任务，抗日战争期间，将临时校址从云南澄江迁回粤北坪石的艰巨任务，也是由他主持完成的。许崇清校长常常提起文明路校址的一副对联："把世界文化迎头赶上去，把中华民族从根救起来。"三度担当校长重任的他，奉命于危难之时，在飘摇的战火中，艰难地守护着教育的旗帜。

中国现代大学的发展，总是与许多教育家的命运联系在一起，蔡元培、梅贻琦、许崇清等一众大师，将名字与精神融进了校园的历史，也融进了中国近现代的历史。如今矗立的一所所大学，桃李满园，在他们扎下的根系之上蓬勃生长。

宾省校屋的一位位居住者，纵使国籍不同、信仰不同，却在历史

◉ 图2　宾省校屋正门　　郑晴　摄

长河中遥遥相望着,在校史的根系中默默牵连着。他们都在心里装着一座热爱的校园,倾心种下的那一颗颗种子,须臾回首,已是古木参天。

十年树木,毕生心血,百年余荫。

刘雨欣,中山大学管理学院2016级本科生

陈序经故居

◎ 陈序经故居简介

陈序经故居旧照

陈序经故居,又称美臣屋一号(Mason Lodge No.1)、47号住宅,现编号为东北区319号。位于校园中轴线以东的马岗顶,在图书馆东北面。陈序经故居共两层,为美臣先生所捐建的两栋教师住宅之一,落成于1919年。岭南大学彭美赍、文理学院教授兼数学系主任麦丹路、先后任岭南大学校长和中山大学副校长的陈序经、中山大学数学系主任许淞庆、梁之舜等人也曾在此居住。陈序经教授在岭南大学和中山大学工作期间(1949—1964年)居住于此,在国内外学术界享有盛誉的百万字学术巨著《陈序经东南亚古史研究合集》就是在此写出来的。1991年前后,陈序经故居被用作招生办公室。2004年9月,中山大学在此屋南门立石碑纪念陈序经先生,将此屋命名为"陈序经故居"。

陈序经故居正门　刘姝贤　摄

访陈序经故居

张涛

"最好的建筑是这样的,我们深处其中,却不知道自然在哪里终了,艺术在哪里开始。"中大红楼便是这句话最好的注脚。几次来到康乐园,向来是沉醉于这里交错的光影、深深浅浅的绿色。红楼点缀其中,倒像是自然的一部分,不经意地修饰着康乐园。

把红楼建筑群当成一个整体去感受,已属感官的盛宴,更令人感叹的是每栋楼都值得细品,不仅独立地具有一种艺术的美感,还以其独特的性格,缄默地诉说着一个个故事……

曾在一个光线充足的上午来到康乐园,时间所限,浮光掠影走过,唯独在几栋楼前久久驻足,其中便有陈序经故居。

镂花的门廊,黑色的欧式吊灯,靠墙花瓶里怒放的鲜花。仅仅只是阳台一角,一种优雅复古的生活氛围便扑面而来。我静静站着,仿佛等待着男主人缓步而来,坐在一角的茶几旁捧书而读,等待着女主人从容地为他沏上一杯茶。

又或者是在另一边的窗前,一张床,一张书桌,一面书柜,简洁而有格调。男主人伏案而书,偶尔望向窗外的绿树藤蔓。阳光透过窗棂斜斜地投在桌面上,浮尘在光线中飞舞。

我不禁好奇起曾经居住在这里的人是谁,能把生活调理得如此简洁有序、从容高雅。

慢慢地绕着这栋小楼转了一圈,细细打量每一块红的砖、绿的瓦,寻找关于男主人的蛛丝马迹。终于绕到正门,一块石碑,上刻:陈序经故

● 图1 陈序经故居　　戴惠　摄

居,之下还有一串关于陈序经的生平介绍,因年月已久,字迹有点模糊不清。

我恍然:陈序经,好熟悉的名字。应该在历史上留下过浓墨重彩的一笔的,只是一下子却想不起来他是何许人也。正如石碑上的刻字,陈序经先生在那个时代镌刻下重重一笔,却因为时间流逝而逐渐被遗忘,只留一副模糊的面目。不该是这样的,他们应该时刻被记起,作为那个时代的风骨,作为中山大学校风的传承而代代相传,就像常常修缮的红楼,石碑上重新打磨抛光的字(图1)。

满怀着感慨,回去后,我特意查了查关于陈序经先生的资料,在一系列的头衔里,我认为最重要、也最能体现先生风骨的,是岭南大学校长一职。

岭南大学的部分院系后来并入中山大学,成了中山大学不可缺少的一部分,中山大学的主校区也正是岭南大学的旧址康乐园。陈序经先生正是岭南大学的最后一任校长，在他的带领下，这所大学在动乱之中所达到的短暂的辉煌，堪称一个奇迹。

1948年，陈序经先生受岭南大学校董会邀请出任校长一职，在短短两三年内，把这所大学建设成了全国最完善的大学之一。秘诀很简单：知人善用。凭借诚恳的态度和突出的个人魅力，在"兼容并包，思想自由"的原则下，陈序经先生邀请到一大批国内外知名的学者、专家、教授：史学家陈寅恪、数学家姜立夫、语言学家王力、古文字学家容庚、木土工程专家陶葆楷、测绘学家陈永龄，以及刚从国外留学归来的教育学家汪得亮、经济学家王正宪、法学博士端木正、生物学家廖翔华、外国文学专家杨秀珍。值得一提的是，中山医学院的医学专家谢志光、陈国桢、陈耀真、毛文书等，也是在陈序经先生的力邀下来到岭南大学的。可以说，陈序经先生留住的这些人才，在后来中山大学的发展中起到了举足轻重的作用，而这一切，都要感谢他的知人善用。

1952年全国高等学校院系大调整后，陈序经先生成为中山大学历史系的教授，勤勤恳恳教书育人，踏踏实实钻研学问。

了解了陈序经先生的生平经历，我合上电脑，眼前仿佛又浮现出他的故居。小楼不算大，相对于他的校长身份甚至显得过于朴素。然而，那庄严大气的正门，点缀着镂空雕花的门廊，处处显出高雅格调的陈设，正如陈序经先生其人，外表正直内敛，内里有着独特的魅力和深厚的内涵。这也正是我们瞻仰他的故居、怀念他的风骨的缘由。

张涛，中山大学医学院2019级本科生

林深不见鹿，幽人自往来
——记美臣屋一号：陈序经故居

蓝恺鑫

出南校园图书馆东门，斜跨一条四五尺宽的水泥路以后，你面前赫然就是一片红楼群，独幢别墅星罗棋布于南校园东北区这片不大的区域，历历是南国名校旧日风华的朴素写照。每每夕阳西斜，屋影峭立，风声、竹影、鸟啼渐次交融，那一幢幢红楼便美人般浴于夕阳的余晖中，短暂地向世人一展她们绰约的风姿，好不浪漫！

南校园红楼多依曾经的知名居住者而得名，即某某故居或某某屋，美臣屋一号亦然，缘之曾为前岭南大学校长、中山大学副校长陈序经先生的寓所，故冠名为陈序经故居。此屋原有两个名称，一曰美臣屋一号，盖因小楼系美臣先生所捐赠二楼之一；另一名则曰东北区319号，颇存早年分门划栋之风。除却尝栖身小楼十五载的陈序经先生，此楼亦曾住过其他学界名流，如岭南大学的彭美赉教授，文理学院教授兼数学系主任麦丹路，中山大学数学系的许淞庆教授、梁之舜教授等人亦曾居住于此。因而，此楼可谓人杰地灵殊久焉。

长受文史熏陶的人，想来对陈序经先生并不陌生。陈序经，字怀民，广东文昌人，是蜚声海内外的历史学家、社会学家、民族学家、教育家，曾先后就读于岭南大学附属中学、复旦大学与伊利诺斯大学，俟其毕业，便赴岭南大学任教，并先后服务于中山大学、暨南大学、南开大学。任教并执领校务期间，陈序经先生不忘"大学是求知与研究的地方"之理念，务求"注重自由讨论

● 图1　陈序经故居的绿色琉璃栏杆　　潇庭木下　摄

的精神"，兴羊城为学术重镇。陈序经先生不仅在教务工作上总能高屋建瓴，处理得有条不紊，于专业领域亦是著作等身，不论是《疍民的研究》《中国文化史略》，抑或是《匈奴史稿》，在文化学领域均有一席之地。小楼十五载，先生在学术上卓有建树，享誉国内外学术界的学术巨著《陈序经东南亚古史研究合集》便是在此期间著成。

我虽不是文科出身，中学时亦对文化历史颇具热情，出于对匈奴西迁与阿提拉的浓厚兴趣，曾在一个暑假草草拜读过陈序经先生的《匈奴史稿》。由于是兴趣导向，当时的我便直接通读了第三编"匈奴西迁入欧始末"，未暇顾及"匈奴史通论"与"匈奴与中国"两编，以至于一通看罢，只遗留些历史事实在脑海里，而对其精髓的文化学史论并无更深的吸收，直至重读方才拾回那椟中珠，不至于留下遗憾。

陈序经故居在地图上并不显眼，仅是马岗顶上近似长方形的一小块，图标备注着"东北区-319"，而四周墨绿色的图块则暗示了小楼周围竹树环合的景象；实景里则有许多地图上看不出的景致。当我第一次顺着图书馆东北那条四五尺宽的小径，徒步走到它跟前，便惊羡于它那极富美学的构造。小楼分两层，属单檐歇山顶式建筑的形制，有北地的端庄典雅；而放眼直观，径直冲击眼球的绿瓦红墙的色块布置则孕育了一种独属于南国的和谐。南北交融，使得小楼兼有朴素与灵秀的特质，可见建造者的别出心裁（图1）。

倘只能用一个词来形容这幢红楼，我以为最为妥帖的，莫过于"麻雀虽小五脏俱全"。可不是么？红楼的建筑主体是地上那两层，典型的红墙绿瓦琉璃砖，而超乎其外者，则共同参与构成这幢建筑的全貌。屋顶东北侧有一根烟囱，超拔于林梢，仿佛一条翘起的尾巴，屋顶正上则覆一间单居室大小的阁楼，不知是否用于杂物储存等用途，烟囱与阁楼，共同赋予红楼以西式格调。小楼有南北两扇铁门，均为花纹格栅，各修葺有门亭一座。在北为主门，门亭是方正的青瓦八角阁模样，右侧亭柱上挂有繁体字写就的"陈序经故居"金字牌匾，门亭顶上顺接二楼突出的阳台；在南的门亭则宽敞不少，是加盖的半拱形顶的方亭样式，南门外十余步便可见赭红色底的纪念石碑。故居的中式风情并不止于门亭与石碑。小楼东有一庭院，其高与地下室相参差，大概十平方米见方。小院背靠红楼，三面环绕红墙，红墙外葱茏着盘虬垂髯的榕树，合果芋的扇叶耷拉匍匐满地，红墙里则教一座四合的方亭占据了大半，两者守望，只隔红砖墙上半人高开口的"吕"字形窗棂；又仿佛未隔。只消一眼，你便应明白那座方亭的年代久远：亭穹的漆色铁皮早已锈迹斑驳，覆盖它的红土和枯枝黄叶等待着可以倾诉故事的人；亭中的木桌木椅灰尘遍布，和那角落里同样漫落尘埃的扫帚与畚斗一起，于蒙蒙的尘色中幽幽怨着茬苒韶光。人在此地久待，大概颇能滋长时空错置的知觉吧。

单纯的建筑之外，你又何尝能错过故居四周教人应接不暇的绿植呢？在南国，秋天虽有落叶，但那种悄然的颓败并不及青翠植物的勃勃生机。故居南门两侧，多是四季常青的生灵，朱蕉合果芋、丝竹与冬青，俯仰皆是。于此之中，予最喜朱蕉，以其花开不败、绿叶常青耳。倘伴竹洋林海，远观朱蕉，往往有一睹国画名作的快意，使人不胜欢喜。

红楼百年，故居也在时光盛宴的觥筹交错间愈滋甘醇。斯人已逝，斯楼常在，独留后人复后人，而你我幽人恍惚往来其间，又何妨举杯品茗，再和上一句"春风江上路，不觉到君家"呢？

蓝恺鑫，中山大学医学院2018级本科生

屈林宾屋

屈林宾屋简介

屈林宾屋（William Penn Lodge），又译作威林宾屋、威林滨屋，现编号为康乐园东北区329号，藏身于马岗顶的一片教师住宅中，共两层，另建有地下室和阁楼，屋顶有两根烟囱和四扇老虎窗。屈林宾屋始建于1914年，由宾夕法尼亚州立大学青年会捐建，嘉惠霖医生曾在此居住，1994年前曾为中山大学教工宿舍，现为中山大学旅游发展与规划研究中心用作教学科研用房。

屈林宾屋旧照

屈林宾屋近照　佚名　摄

佳气承远方

王朔

1909年,一名美国青年医生远渡重洋来到广州,此时的他刚刚从宾夕法尼亚州立大学医学院毕业,受基督教青年会和前辈学长的感召,志愿为中国人民解除病痛的折磨。这位青年来到中国时,承担的第一项任务就是执教于岭南学堂医预科,从此在广州郊外、珠江南岸的康乐村,时时能看到一位操着一口流利汉语的外国人教授学生医学知识。他便是嘉惠霖,曾数度出任广州博济医院院长,博济医院南华医学堂和岭南大学医学院著名的内科专家。直到1949年退休,四十载风雨历程,嘉惠霖医生始终生活、奋斗在美丽的康乐园,东北区329号是他的居所,这栋红楼的命运从诞生时起就与嘉惠霖医生紧密相连。

岭南大学的相关档案记载,屈林宾屋始建于1914年,为美国宾夕法尼亚州立大学基督教青年会捐建,因捐资较多者为嘉惠霖医生的同乡好友、美国宾夕法尼亚州的屈林宾先生,故名屈林宾屋。嘉惠霖医生喜欢花草,就在住宅两旁栽植树木绿植。从斑驳的老照片中可以看出,房屋的墙壁上常爬满绿色的植物藤条,为广州的夏日带来一丝清凉。

同马丁堂、黑石屋等红楼一样,屈林宾屋是中西建筑风格相结合的典范,既有岭南水乡的灵气,也有西式现代建筑的严谨。红墙绿瓦本是岭南建筑风格,当与田园风格的西式小楼相遇时,便碰撞产生了独特的美感。在中国教会大学的初创期,岭南大学领风气之先,以开放包容的姿态融合当地建筑特色进行建筑设计，最终创造出得到人们广泛认可的建筑作品，充分显示出建筑作为一种审美产物的价值，即人所共有的对于美的事物的追求。

嘉惠霖医生初到广州之时，中国正处于社会转型期，一方面，传统势力依然强大；另一方面，现代西方科学精神得以传入，社会思想呈现出前所未有的争鸣与繁荣之势。得益于伯驾、哈巴安德等人的努力，西医的火种得以在广州土地上保存和延续，也为后来第一所西医院校的开办奠定了基础。每日清晨，伴着鸟儿叽叽喳喳的声音，嘉惠霖医生快步走出屈林宾屋，乘船来到珠江北岸的博济医院，开始一天的忙碌工作。傍晚，拖着疲惫的身躯，他又回到这里修正教案、批改作业。康乐园里幽静的气氛最是适合读书，嘉惠霖医生常常手捧医学经典，钻研疑难杂症的诊疗方法。在月光与蝉鸣的陪伴下，伏案工作的身影虽不免孤寂，但也有坚定的力量。

嘉惠霖医生医术精湛、医德高尚，因此受到人们的尊敬。他为了与当地人顺畅交流而学习汉语，每次放长假都要到美国医学院进修，甚至为了熟悉华南地区多发的热带病而跑到英国学习。在嘉惠霖医生的努力之下，博济医院的名声不断提高，大家逐渐消除了对西医的偏见，亲切地称呼他为"嘉医生"。那时赴华工作的外国青年医生，多以志愿者的身份在医院工作一到两年后便回国，嘉惠霖医生却一直坚持了下来，不仅在医术上得以精进，更为中国培养了许多医学专业人才。我们无法得知到底是什么力量驱使着嘉惠霖医生一直留在这里，或许就像他在屈林宾屋旁栽下的植物一样，只是在岭南广阔的土地上扎下了根，就再也不愿离开。

建筑是有灵魂的，尤其是古老的建筑。近代中国历史上，曾有许多像嘉惠霖医生一样的人，从遥远的异国他乡而来，只为了自己做出读医选择时的一句承诺，换来为解除人类疾病困扰的一生坚守。这是一种超越了地域和种族价值观的普世的爱，更是"嘉惠学人，霖雨苍生"的医者情怀，它与岭南文化包容创新的传统相互交融，为广州乃至全国的现代医科事业增添了精神底色。屹立不倒的建筑就提供了一种见证，见证着主人无私的陪伴与守候，岁月的洗刷下，屈林宾屋

◉ 图1 屈林宾屋　曹讚 绘

不再只是红砖的堆砌，而是被赋予了嘉惠霖医生甘于寂寞的奉献精神，这种精神也融入建筑的骨血，成为这座红楼的灵魂。

　　岁月流转，时代变迁。康乐园如今已是中山大学广州校区南校园的所在地，继承嘉惠霖医生精神的博济医院也更名为中山大学孙逸仙纪念医院，薪火相传。站在屈林宾屋前的小路上，我惊叹于这栋百年建筑保存之完整，更感恩这座古老的园子历代的守护者，他们的努力使得我们可以触摸嘉惠霖医生芳华时代的残存痕迹，让我们思考自己因何而来，又向何处去。时至今日，红色的墙壁上早已没有了重叠的枝条，当年栽种的小树也已长成参天古木，将小楼遮挡，令其轮廓变得隐约起来，以至于当我看到拍摄于近百年前的屈林宾屋照片时，竟不禁感叹起红楼的标致外形清新不落俗套，红色砖墙结合绿色的屋瓦，连续的拱门和回廊，挑高大窗的客厅，让人心神荡漾。石板路上点点青苔的痕迹，红砖风化后产生的或黑或白的斑点，与角落里不知从何处冒出的小草，仿佛在提醒着来来往往的学子那令她骄傲的历史。

抬眼望去，高大的樟树已遮蔽了天空，阳光顺着缝隙倾泻下来，绿色的瓦片与叶片浑然一体，宛若天成（图1）。我想，缺少了绿树映衬的红楼是不完整的。经过多年生长，这些绿树的根早已深埋地下，从漂洋过海而来的树苗变成了这里真正的主人。康乐园四季变迁，洋紫荆、凤凰花开了又谢，不变的是四季常青的细叶榕和香樟，始终姿态挺拔。若要说谁陪伴了屈林宾屋最久，那一定是嘉惠霖医生当年栽下的这些树了吧。

今日的屈林宾屋已成为中山大学旅游发展与规划研究中心的教学科研用房，如同当年的西医学，旅游管理也是一门年轻的学科，不知是否是屈林宾屋带来的缘分，这两门学科都成为中山大学的优势专业。令人自豪的是，中山大学从诞生时起便有自由包容的传统，从文明路校址发展至如今的三校区五校园，几经搬迁，历经风雨，学科门类不断丰富和完善，这得益于对创新与人才的一贯渴求。我想，这多少体现着一点当初之红楼与岭南大学的精神，"佳气承远方，母校光风里……"

王朔，中山大学传播与设计学院2018级本科生

孖 屋

孖屋一旧照

孖屋简介

孖屋一（Semi-Detached House No.1），东北区312号，位于马岗顶，1919年竣工。起初为教师住宅，现为中山大学工学院智能交通研究中心办公室。

孖屋二（Semi-Detached Home No.2），东南区241号，位于东大球场西侧、护养院东侧，1920年竣工。孖屋二当时也是教师住宅，东面单元曾为我国寄生虫学奠基人陈心陶教授居住，目前是博雅学院和人文高等研究院之所在。中国当代行政学奠基人、"中国MPA之父"夏书章教授曾经居住的孖屋二西面单元，现为中山大学华南农村研究中心。

孖屋三（Semi-Detached Home No.3），原坐落于文科楼西北角位置，原编号为东南区16、17号，1983年之前为教职员住宅，1984年到1993年11月底由中山大学出版社使用，后被拆除。

孖屋二　刘姝贤　摄

瞻仰陈心陶故居

张荣芳

从怀士堂沿着康乐路往东行，经过马应彪夫人护养院，再往东行三四十米，路右边有一幢二层的小洋楼，掩映在绿树丛中。这幢小楼分东西两边，东边就是陈心陶故居（图1）。陈心陶居住时的门牌编号为东南区11号，现为241号。2014年是陈心陶诞辰110周年，也是中山大学90周年校庆，10月16日，中山大学举行陈心陶故居开放仪式。故居修缮一新，一楼大厅安放着由著名雕塑家吴雅琳教授塑造的陈心陶铜像，一楼到二楼的连廊悬挂着陈心陶生前照片，二楼部分恢复了陈心陶生前卧室兼工作室原貌。由中山大学著名古文字学家陈炜湛教授用甲骨文题写的"陈心陶故居"匾额，用红木制作，镶嵌在门楣上。故居外古木修竹，椰树花丛，与室内的陈列相映成趣，是康乐园科学精神和人文气息浓郁之地。故居可供游人瞻仰，我们瞻仰陈心陶故居，就要学习他崇高的精神和高尚的品格。

第一，学习和弘扬陈心陶的科学创新精神。

陈心陶（1904—1977），福建古田人，中国近代寄生虫学主要奠基人，国际著名寄生虫学家，医学教育家，国家一级教授。陈心陶1925年毕业于福建协和大学生物系并留校任教；1926年进入岭南大学生物系从事教学工作；1928年被选送留学美国，3年后，获得明尼苏达大学寄生虫学硕士和哈佛大学哲学博士；1931年返回岭南大学，先后任副教授、教授、生物系主任兼理学研究所所长、医学院代院长。1952年全国高等学校院系

图1 陈心陶故居　　刘姝贤 摄

调整,陈心陶任中山医学院寄生虫学教研室主任。他在中山大学生物系仍保留寄生虫学研究室,每周一天在中山大学做研究,并教授寄生虫学课程,直至1962年。陈心陶从事多种重要寄生虫病的原生物学、流行病学及防治学的开创性研究,由于治学态度严谨、方法科学,他一生发现蠕虫新种数10种,其中有重要的斯氏并殖吸虫等7种肺吸虫新种(占当时世界15种肺吸虫的近半)和广州管圆线虫。陈心陶发表了130多篇高质量的科学论文;1940年出版权威专著《怡乐村并殖吸虫》;1956年出版《医学寄生虫学》,获国家科学著作一等奖,是医学寄生虫学的经典著作;其晚年主编的《中国吸虫志》,获1987年国家自然科学奖。这些科学的创新成果,为发展寄生虫科学和防治寄生虫病,作出了不朽的贡献。

第二,学习和弘扬陈心陶不畏艰辛、勇于探索的经世致用思想和学风。

1950年,广东四会等县反映,当地流行"大肚子病",许多人因此丧失劳动能力甚至死亡。1950年9月,陈心陶毫不犹豫地接受调查"大肚子病"的艰巨任务,和助手徐秉锟及广东省防疫大队的医生,冒着土匪袭击和感染疾病的危险,自带铺盖,深入四会等县调查。重疫区处处残垣断壁,满目疮痍,一派"千村薜荔人遗矢,万户萧疏鬼唱歌"的悲惨景象。四会、三水两县交界处的六泊草塘面积8万亩,芦苇丛生,陈心陶带领一行人撑小艇进入当地群众说的"毒河",在芦苇丛中搜寻到血吸虫尾蚴的中间宿主——钉螺。经过各种研究及实验，首次证实此地流行的"大肚子病"就是血吸虫病。从此，陈心陶投入"送瘟神"的伟大斗争。1951年，广东成立省血吸虫防治（以下简称"血防"）所，陈心陶兼任所长，并参加广东省"血防"领导小组。他带领团队踏遍全省，共发现了11个疫区县，有钉螺面积20万亩，病人6万，其中六泊草塘病人1万。陈心陶认为，国际通行的药物灭螺价高效低。1952年底，他根据血吸虫病存在和流行的规律，提出治理方案：应用"水（建水利）、垦（垦良田）、种（种作物）、灭（灭钉螺）、治（治病人）、管（管粪便）"六字方针来驱除"瘟神"。陈心陶在人民政府的支持下，在不同类型的疫区设点试验并取得巨大成功，引起国际寄生虫学界的高度关注。1955年，苏联著名蠕虫学家彼得列谢娃来华访问时指定要见陈心陶，在三水、曲江等县"血防"试点现场考察后说："你们消灭血吸虫病的方法是个创举！"并向我国中央政府报告了这一重要科研成果。当时，全国12个省市流行血吸虫病，患者约1000万人，1亿人民的健康受到威胁。1956年，国家主席毛泽东发出"一定要消灭血吸虫病"的号召。陈心陶当年出席最高国务会议，并应邀在全国政协大会作了题为"采取综合措施消灭血吸虫病"的发言，全文刊登于《人民日报》1956年2月4日第5版。文中提出：因地制宜，综合治理，以改变生态环境为主，结合农田水利建设，消灭血吸虫中间宿主钉螺，进而消灭血吸虫病。这一方法被中央采纳。短时间里，陈心陶三次受到毛泽东主席和周恩来总理的亲切接见，由此可见，毛主席和周总理对他消灭血吸虫病的这一伟大创举给予极高的评价。经过陈心陶团队的努力，昔日"毒水"横流的六泊草塘由沼泽变为丰产良田，一个个"无人村"变得生机勃勃、人畜兴旺。1974年，经全国考察团考察验收，广东宣布基本消灭血吸虫。1985年12月，广东在全国率先宣布在全省范围内终止血吸虫病流行。陈心陶被追认头功。为了纪念陈心陶，1990年12月，佛山市三水县人民政府、六和镇人民政府、中共中山医科大学委员会，在六泊草塘边的九龙岗建造了一座"陈心陶纪念碑"，让陈心陶与青山同存。陈心陶这种为人民大众服务的经世致用思想和学风永远值得颂扬。

第三，学习和弘扬陈心陶"春蚕到死丝方尽，蜡炬成灰泪始干"

的春蚕、红烛风骨。

陈心陶从事教学50余年，教过本科生，指导过研究生、进修生、各院校骨干师资、全国寄生虫学高级师资班学员近百人，桃李芬芳，为国家培养了大批寄生虫学家和教学骨干。陈心陶教育学生，把做人、做事、做学问三者统一起来，他说："科学研究是对未知世界的探索，充满神秘和趣味。它是一项神圣的事业，但又是非常艰苦、非常枯燥的事情。它也有风险，可能会有无数的失败。有的人很多年甚至终身，都做不出什么成果。真的要甘于寂寞；讲求奉献，不能有私心杂念！"陈心陶开创性的研究成果和呕心沥血培养英才，使他成为一代宗师，高山仰止。然而，在生命的最后几天，陈心陶还说："医生，一定要帮我，再给我5年时间。"陈心陶恳求教研室的老师，每天带几页书稿来病房让他审订。崇高的使命感，使他心中萦绕着春蚕情愫；圣洁的理想信念，让他身上自有红烛风骨。

第四，学习和弘扬陈心陶扎根于中华优秀传统文化的家国情怀。

陈心陶是一位具有炽热爱国情怀的知识分子，他从小受修身、齐家、治国、平天下的入世思想影响，热爱祖国，奋发图强。当他在美国刻苦攻读，取得硕士、博士学位之后，毅然启程回国，继续为岭南大学服务。抗日战争时期，陈心陶表现出崇高的民族气节。广州沦陷后，他一家随岭南大学迁往香港。香港沦陷后，他们只能靠变卖家中物品度日。当时，伪广东省府派人请他出任伪广东大学校长，他斩钉截铁地说："就是杀头，我也绝不去广州！"并对家人说："要记住：再苦再难，也不要拿'省政府'的施舍。决不能做汉奸，当民族罪人。"为了避免对方逼他上任，第二天，陈心陶便乔装成难民潜回内地，前往粤北和江西教学。抗日战争胜利后，陈心陶回到复办的岭南大学任教。然而，国民党政府的腐败统治，使他无法实现"科学救国救民"的美好愿望。1948年，在苦闷之中，陈心陶再度前往美国华盛顿柏罗维罗蠕虫研究室和哈佛大学、芝加哥大学考察，并在那里完成了绦虫囊尾蚴免疫反应实验的重要研究。据李宝健教授回忆，陈心陶在美国写信给时任岭南大学医学院院长李廷安（李宝健父亲），极希望回国服务，李廷安复信欣然答应。李宝健教授曾读过他们的来往书信。新

● 图2 陈心陶故居南面　刘姝贤　摄

中国成立后，陈心陶谢绝美国大学的聘请和挽留，立即启程回国。途经香港时，又有当地科研机构以比美国更优厚的待遇聘请他。但他在广州解放之初毅然回到百废待举的新中国。

陈心陶有一个美满和睦的家庭，夫人郑慧贞毕业于福州华南女子学院，为了陈心陶的事业，她同意当全职家庭主妇。几十年后，她深情地回忆说："不好当啊，个中酸甜苦辣涩，味味俱全，不仅默默无闻，还要默默奉献。"他们育有四女一男。他们教育子女有方，五个子女个个成才，有医生、音乐家、工程师，人人为社会服务。陈心陶有灵，在九泉之下也会含笑欣慰的。

我每天黄昏散步，经过陈心陶故居（图2），都会以崇敬的心情，站在门前默想，他虽然走了，但留下的学术和精神遗产是永存的。陈心陶故居是一座科学丰碑，是一幢文化殿堂，我们应该永远纪念这位伟大的人民的科学家。

2016年6月9日
本文承蒙李宝健教授、吴忠道教授提供材料及修改意见，谨表谢意。

张荣芳，中山大学原副校长，历史系教授

康乐缘

毛潇子

第一次踏入南校园,是在学院组织的校史馆参观活动中。还未来得及细细欣赏,就先被盎然的绿意撞了个满眼。灿金的阳光细沙般倾泻在碧色的树叶上,浓翠欲滴;绒毯似的绿草间藏着几条羊肠小道,交错纵横间,三两行人缓缓行过,一派悠然。

同寝的一群"土包子"顿时化身"柠檬精",三步一酸,五步一叹,感慨着南校园的风景之优美。毕竟,要论文化底蕴与人文风貌,东校园自然是逊于南校园的。近百年的光阴,赋予了康乐园独特的、不容替代的韵味。

康乐园,是中山大学广州校区南校园的别称。初次听闻时,我几乎立刻就爱上了这个名字,没有来由,就是忍不住心里那阵莫名的喜欢。后来方知,这是那位晋宋时期的著名文人康乐公谢灵运的流放之地。远离朝堂上的波谲云诡,这方茵茵净土拥有洗涤人心的力量。

1888年,格致书院于广州成立,它是19世纪中国著名的教会学校,后渐次发展为私立岭南大学,并于康乐园择址建校。1952年,全国高等学校院系调整,中山大学合并了岭南大学的部分文理院系,并入驻康乐园。从此,在无数中大学子的心中种下了康乐情结,牵连起五湖四海的眷恋。

孖屋,属于康乐园早期建筑群。正如它的名字,孖,成对的,两栋独立的房屋左右对称,连成一体,两栋房屋有着独立的大门和楼梯。这样的并联式孖屋,在康乐园曾有三栋,现存两栋,由洛克菲勒基金会中国医学委员会捐献而成,每栋造价达到8500港元。从外观上看,这两栋孖屋都是红墙绿瓦,古意盎然;从结构层面来看,两栋孖屋都是砖墙钢筋混凝土楼板混合结构,墙体上层采用英式砌筑法,而下层采用了哥特式砌筑法,别具匠心。

孖屋一,位于马岗顶,现编号为东北区312号。原楼房是东西单元各两层、中间单元为一层的相连三个单元,另有地下室和阁楼。后来,中间的单元加建成了略高于东西两单元的二层楼,于1919年竣工。原屋东西单元各有一根烟囱,现在,西单元烟囱的室外部分已被拆除。远远望去,孖屋一好似一位娴雅知礼的少女,正静捧手中书卷,细细品读。原屋坐南朝北,东西单元各有楼梯,第二层已经连通。孖屋一起初为教师住宅,现已成为中山大学工学院智能交通中心办公室,并于2000年被广州市城市规划局列入近代、现代优秀建筑群体保护名录。她的眼见证过历史,她的手捧起了未来。

孖屋二,位于东大球场西侧、护养院东侧,现编号为东南区241号(图1)。倘若从那条长长的林荫道进入康乐园,去往英东体育场,大概率会经过它。孖屋二为两层建筑,另有地下室,正面两侧屋顶山

● 图1　孖屋二旧照

风华绝代

花位建有西式烟囱,于1920年竣工。初次见到孖屋二时,我便觉得它如一位儒雅慈祥的老者,向人间投来温和而睿智的目光。孖屋二当年也是教师住宅。中国当代行政学奠基人、"中国MPA之父"夏书章教授曾在其西单元居住,现为中山大学华南农村研究中心。东单元曾为我国寄生虫学奠基人陈心陶教授居住,现为博雅学院和人文高等研究院(图2)。2014年10月16日,中山大学举办了陈心陶故居开放仪式。孖屋二于2000年被广州市城市规划局列入近代、现代优秀群体保

● 图2　孖屋二东单元侧景　　刘姝贤　摄

护名录,2002年7月被广东省人民政府核定为广东省文物保护单位。被守护的,不只是建筑,更是那份文化传承。古籍,灰尘,旧时光,曾经的一切,都将被铭刻在后人心中。

　　孖屋三,原坐落于文科楼西北角,原编号为东南区16、17号(图3)。1983年之前为教职员住宅,1984年至1993年11月底由中山大学出版社使用,后被拆除。如今虽已无缘得见,但那些散发着墨香的铅字,那些寄托了热爱的纸页,早已成就了它的不朽。

　　我始终相信,一堵墙,一栋楼,一座城,能从岁月的大浪淘沙中走过,必然不全是因为它本身的存在,还有与它共度过一小段时光的人,是那些鲜活在脑海深处的记忆,让它们闪耀至今。

康乐园的土地上，多少人来过，去过，哭过，笑过，匆匆过。它是静止的，却因那些生动的记忆而流淌着动人的光芒。正如校歌中所唱，"莘莘学子，济济一堂"，康乐园里，汇集着来自全国各地的学生，怀

● 图3　孖屋三旧照

揣着各自的梦想，将上一辈的心血，代代传承。这楼，这园，便有了意义，有了让每个中大人此生难忘的意义。

不同于东校园的现代化，康乐园显得古朴优雅。当我走在康乐园里时，常有错觉，认为这不像学校，倒像个公园，一幅古老而慵懒的画卷，一个误入的旧时遗梦。若有机会，真想来做一回康乐园里的学生啊。光是这样想着，就觉得不可思议了，只能羡慕地看着康乐园的红楼，一眼又一眼。这下更不像学生了，像个怀春少女，意中人呢，自然就是这康乐园。

临行前，经过孖屋二，红墙已不复过往明艳，却多了历经风霜后的沉静。阳光拂过绿叶，抚上碧瓦，暖意洋洋，衬得阴影处的屋檐泛出冷冷的翠意。一扇扇紧闭的窗，不知正待着谁来推开。

风起，满园木叶簌簌作响。

我听见了，康乐园的心跳。

毛潇予，中山大学电子与信息工程学院2019级本科生

陆祐堂

◎ 陆祐堂简介

陆祐堂旧照

陆祐堂,又名陆佑堂,现编号为西北区565号,位于康乐园中轴线西边。陆祐堂始建于1930年6月,次年7月完工。因工程耗资的11万余元中,有6万元由黄容康、黄容章兄弟捐资,而陆佑先生是黄氏兄弟的先祖,故将此楼命名为"陆祐堂"。陆祐堂建成后,成为岭南大学第三学生宿舍,内有62间住宅,并设有会客室、浴室、厕所等。20世纪80年代前后,曾作为中山大学地理系大楼,如今,陆祐堂是物理学院物理学国家级实验教学示范中心。

陆祐堂与新叶　　刘雨欣　摄

靓丽宫殿：陆祐堂

吴文溢

陆祐堂，又名陆佑堂，西北区565号，其西南是哲生堂。你需要沿康乐园中轴线一直走到北，才能在西侧看到它。

陆祐堂给我的第一印象是一座四四方方、雍容典雅的大宫殿，共四层并一阁楼，横向切一刀，下半为红，上半为黄。于我而言，它的特色在于上半部分的明黄色墙面均衬有朱红墙柱——南北两侧各有十二根墙柱半嵌入墙体，东西则各有六根。色彩碰撞，显得尤为靓丽（图1）。

再细观其楼，不禁为它对细节的雕琢赞叹：墙柱、屋檐和栏杆上均有彩绘，四角屋檐上也有

◉ 图1　陆祐堂的屋檐和墙柱　郑晴　摄

● 图2 陆祐堂的匾额　刘雨欣　摄

生动的鸟兽像。楼北面檐下挂有一木质匾额，上面的字迹早已斑驳难辨，实为1981年商承祚老先生手书的"陆祐堂"三字（图2）。

天气晴好时，阳光筛过四围树木的间隙斑驳下来，整座宫殿立即生气勃勃，仿佛抖落了90年的历史粉尘。

陆祐堂始建于1930年6月，次年7月完工，与哲生堂等一同由美国建筑师亨利·墨菲的事务所主持设计。陆祐堂建成后，作为岭南大学第三学生宿舍使用（图3）；20世纪80年代左右，为中山大学地理系所用，后又作电子系教学大楼使用；经过一番辗转，如今已归物理学院使用。之所以叫"陆祐堂"，是为捐款建楼的黄氏兄弟纪念其先祖陆祐——当年该工程耗资11万余元，黄荣康、黄荣章兄弟捐献了6万元。

除了康乐园里的这座，香港大学也有一座"陆祐堂"，于1912年落成，是因为陆祐本人在1910—1912年间共对香港大学捐资100万叻币，香港大学投桃报李所建。这不禁让人好奇：陆祐何许人也？为

● 图3　陆祐堂　　曹讚　绘

什么陆佑姓陆，黄氏兄弟姓黄？

原来，陆佑本姓黄，名佑或如佑，是广东江门鹤山雅瑶镇黄洞村人。他出生于贫苦农家，幼年丧父，而后丧母，因家中贫困，体弱多病的一个姐姐也夭折了。因家贫难以过活，同村一人起了恻隐之心，就把陆佑介绍给邻县新会桐井乡的地主陆显。陆显看中了陆佑，就让他立契做陆家的长工，黄佑也因此改名陆佑。此后，这个名字就伴随着他的一生。

大概后来其子孙仍念旧姓，故黄氏兄弟姓黄。陆佑算是黄氏兄弟的祖父，他在第一次出洋回乡后，担心原配妻子梁雪梅生活孤寂，便买了个男孩子，取名汉秋陪伴她。后来，汉秋改名运超，是陆佑在四子四女中最疼爱的一个。汉秋也有三子一女，其中二子就是容康、容章兄弟。

陆佑17岁时，由于贫困交加、走投无路，便离开家乡和妻子，跟随"卖猪仔"的到了马来亚。在当了3年矿工后，陆佑恢复了自由身，

图4 陆佑先生像

就在那里白手起家。陆佑胆大心细,具有抓住机会的才能,也有用人的手段,所以成为当时马来亚最显赫、最富裕的实业家和金融家,在南洋华人中是很重要的一位人物。

陆佑的个人生活很俭朴。他出外公干,在街边买一碗二占钱的番薯粥当午餐;他家有汽车,但很少使用。

陆佑发迹后,捐了很多钱,英属马来亚(含新加坡)和中国香港地区的教育与慈善事业都受过他的巨大恩惠。

后人总是妄图根据自己的喜好,只用三四个词来评价前人,但从图4来看,陆佑稍下压着嘴角,抿着薄唇,在眉毛下凝着一双眸子,好像任你怎么评说都不为所动。

再回头看陆祐堂,经这名字渲染,似乎变得更加色彩斑斓了。如今,经历近百年风雨,陆祐堂上层的彩绘有些微剥落,下层漫有水痕。但它在草木掩映中所彰显的沉静雍容的气度,随着陆佑这个名字,一同融入过往岁月中。

吴文溢,中山大学中山医学院2018级本科生

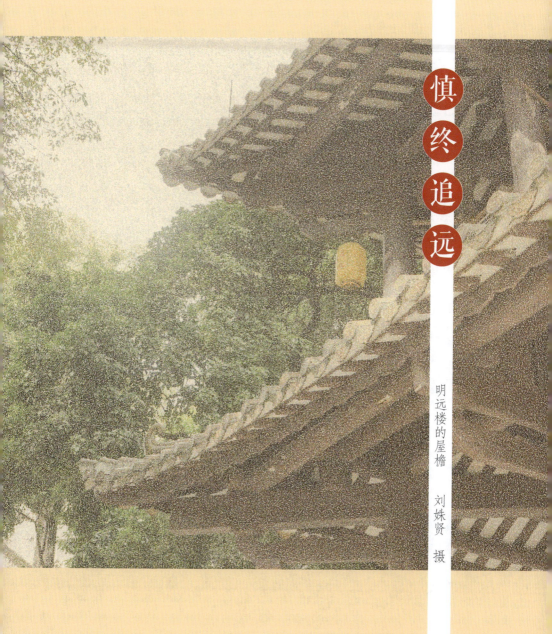

慎终追远

明远楼的屋檐　刘姝贤　摄

明 远 楼

◎ 明远楼简介

明远楼旧照

明远楼，俗称红楼，位于今广州市越秀区越秀中路125号大院（中山大学旧址内），建于清朝康熙二十三年（1684），是广东贡院的主考楼。"明远"二字取自《大学》中"慎终追远，明德归厚矣"的含意。明远楼是广东贡院的主要建筑，考试时考官登楼巡视，闲时也可登楼眺望羊城美景。中国近代史上的著名人物如黄遵宪、康有为、梁启超等，都曾在广东贡院参加过考试。明远楼20世纪30年代先后成为国立广东大学、国立中山大学的图书馆阅览室，20世纪50年代末又成为广东省作家协会的宿舍。

端正肃穆的明远楼　　刘姝贤　摄

明远楼的前世今生

徐磊

明远楼,名字取自《大学》之"慎终追远,明德归厚矣",由名字可以感知这栋楼含有让人认真思考之意。该楼目前属于广东省重点文物保护单位,是广东省重要的文化圣地。为什么要用"圣地"称之?实则是明远楼承载了广东省许许多多的文化往事,对于广东省乃至整个华南、整个中国都具有一定的影响力。

明远楼,俗称红楼,因外墙为红色而得名,在过去是广东贡院的主考楼,始建于1684年,与顺天贡院、江南贡院、河南贡院并称为"清代四大贡院"(图1)。明远楼曾经培养了大量的旧社会知识分子,最有名的当属推动戊戌变法的两位资产阶级改革派人士:康有为和梁启超。随着科

● 图1　明远楼旧照

举制度被废除，广东贡院被改建为两广优级师范学堂，1912年更名为广东高等师范学校。后几经变迁，先后成为国立广东大学、国立中山大学的图书馆阅览室，新中国成立后又成为广东省作家协会的宿舍，现在是广东省文物重点保护单位。虽然明远楼的用途随着时代的发展在变化，但其作为教育中心的职能始终发挥着或多或少的作用，可见其丰富的文化底蕴，对于广东的教育和文化事业产生了很大的积极作用。

诞生已经300余年的明远楼具有很丰富的实用价值和观赏价值。忆往昔，峥嵘岁月稠。明远楼曾经作为广东贡院的主考场，无数仁人志士在这里圆梦，从这里出发，走向远方；明远楼见证了历史的种种变革，从教育制度到社会风貌，每每经过，都能够感受到其沉甸甸的历史底蕴。漫步在这楼阁式的建筑下，抚摸周边超过百年的树木，静静倾听，似乎还能感受到当年学子们书写考卷的声音。曾经，这里拥有一大片房屋楼阁，不幸的是在第二次鸦片战争中毁于战火，仅剩下明远楼以及现在中山图书馆东南面的一段龙虎墙。因此，除了笔头划过宣纸的声音，我们也许还能听到曾经发生在此的炮火声，曾经的房屋倒塌和浓浓的硝烟昭示着近代中国的多灾多难，似乎也预示着旧的教育体制不能拯救中国，终将被历史淘汰。明远楼是科举制的产物，曾经诞生过无数的人才，对中国的发展产生了巨大的作用。稍微了解中国近代史的人都知道，康有为和梁启超作为资产阶级改良派，在甲午战争清政府战败、被迫签订屈辱的《马关条约》后，从地方到中央发起了一项伟大的社会变革运动，试图通过改革政治制度，使中国走上资本主义发展道路，实现救亡图存的目的，他们都曾在明远楼参加过乡试；而另一派资产阶级革命派的领导人孙中山也曾在这里领导国民党，进行国共合作，进行国民大革命。因此，明远楼具有很深远的历史教育意义，可以帮助我们铭记那段难忘的岁月，砥砺前行。

时至今日，明远楼早已不再进行实质性的使用，而是被重点保护起来。明远楼不仅是重要的文化圣地，其极具特色的建筑风格也很有吸引力，极具观赏价值。明远楼为砖木结构的两层楼阁式建筑，歇山顶，琉璃瓦。首层面阔、进深均为五间，二层面阔五间、进深三间；上

● 图2　明远楼边，古树葱茏　　刘姝贤　摄

下层均置围廊。展览中有一个缩微版的广东贡院模型，能看到其曾经庞大的规模：整片建筑的中轴线上分布有头门、仪门、龙门、明远楼、至公堂、戒慎堂、聚奎堂等，两侧则是一排排密密麻麻的号舍。明远楼是广东贡院建筑群中体量最大、最重要的一座，处在整个贡院的中心位置，是主考官的驻地，登楼即可将整个贡院一览无余。明远楼周边古树参天，其中有两棵木棉树的树龄超过100年。古树虽无声，参天的树干和枝叶却提醒着我们这里曾经波澜壮阔的岁月（图2）。

如今的明远楼处于广东省立中山图书馆旁边，靠近地铁站，周围都是高耸入云的居民楼。但每当来到这里，四周高大的树木仿佛隔绝了外界的嘈杂，明远楼显得格外幽静，仿佛外面熙熙攘攘的人群、川流不息的车辆从未曾有过。仔细瞧着，发现明远楼古朴的建筑风格在周围的现代建筑中显得格外突出，不由得想起陶渊明的诗句："结庐在人境，而无车马喧。问君何能尔，心远地自偏。"真犹如一位隐居的世外高人呀！

　　伫立于此的明远楼如此的安静，安静得让人几乎忘却其承载的百年沧桑。数百年的沉淀，洗净铅华，如今留给我们的仿佛就剩下"明远"两个字，我们可以从中获得什么启迪呢？慎终追远，明德归厚。有些在过去发生过的事、存在过的人应该被铭记、缅怀和尊重，可时代在飞速发展，生活在这片土地上的人们一代接着一代。过去的事情太多了，未来又充满着不确定。我们需要思考，明远楼能够提供给我们的，或许只有这片幽静的土地，又或许只有那几个字，又或许什么都没有。明远楼从过去存在到现在，未来依旧存在着，静静地伫立在那里，思来想去，不断变化的或许只有我们！

徐磊，中山大学法学院 2017 级本科生

慎终追远,明德归厚
——明远楼

龚之琳

明远楼是广东贡院目前仅存的一座建筑物,位于广州市越秀中路215号大院,是当年的主考楼。

不同于多数中大红楼栖居于古木参天的南、北两校园,明远楼身处闹市之中,旁边便是居民区与高楼大厦,熙熙攘攘的人流涌来又涌去,却鲜少有人在此驻足细观。而回想从前,万名考生齐聚此地,书生意气,挥斥方遒,满腹的四书五经与满心的报国理想便在这里凝聚成一篇篇激昂文字。如今,曾经偌大的贡院也只剩下这680平方米、修缮过后的明远楼。多年风风雨雨,它是经历者、见证者(图1)。

图1 曾为贡院的明远楼　　刘姝贤 摄

广东贡院始建于南宋淳祐年间,后毁于元代战火。清康熙二十三年(1684),广东巡抚李士桢将贡院迁至广州城东南隅的承恩里(今文明路),至同治六年(1867),号舍达11708间,为清代四大贡院之一。在第二次鸦片战争中,附近多数建筑毁于兵火,唯明远楼及一段龙虎墙幸存。1906年,贡院被两广总督岑春煊改为两广优级师范学堂,1912年又改为广东高等师范学校。1924年,孙中山颁布大元帅令,在原来的国立广东高等师范学校的基础上合并建立国立广东大学,进一步奠定了文明路区域在广东教育史上无可替代的地位。这里便是国立广东大学的前身,也是国立中山大学的前身。1994年,明远楼重建,2016年全面完成大修,于11月12日孙中山诞辰150周年纪念日对游客开放。

能在这个时候去认识、探索明远楼是幸运的,也是不幸的。幸运的是,经过近10年的修葺,它终于又得以向未经历过那段历史的人诉说它的故事;不幸的则是,在连天的炮火之下,一切记录被轻易抹去,

● 图2 晴空下的明远楼　　刘姝贤　摄

油灯下笔耕不辍的勤奋被抹去，号舍里搜索枯肠的抑郁苦闷被抹去，出榜后一日看尽长安花的春风得意也被抹去。它经历了那么多，留给世人的却是这般安稳静好的模样（图2）。

抵达明远楼，首先映入眼帘的便是门楣上的"天开文运"四字，扩宽视野，便能看到建筑整体为两层楼阁式建筑。朱红、雄黄、墨黑，色彩的庄严让人不觉整肃起敬畏心来。

明远楼为木结构的中国宫殿式楼阁，首层面阔五间、进深五间，二层面阔五间、进深三间，坐北朝南，面积约为250平方米。踏入正门，展厅内展示的是广东贡院全景模型，左右对称，中轴线上依次是头门、仪门、龙门、明远楼、至公堂、戒慎堂、聚奎堂及后门，中轴线两旁则分布着一间间号舍。每个号舍占地面积仅有1.3平方米，从前的考生就在这一间间狭小的号舍里，将自己多年的积累倾尽抒发。展厅一侧挂着两幅照片，一幅是广东贡院的油画全景图，一幅是1873年的明远楼。清代，广东产生了6000多名举人，有的成为朝廷重臣，有的成为著名思想家、文学家、艺术家、教育家……粤西地区文科状元林召棠、清代名臣庄有恭、"金玉状元"梁耀枢、岭南大儒朱次琦、维新思想家黄遵宪，以及后来的康有为、梁启超……他们为中华文明的延续和进步作出了巨大贡献，推动了社会的进步和发展。

明远楼的"明远"二字取自《大学》之"慎终追远，明德归厚矣"。古往今来，人们对"慎终""追远"与"明德"的解释千千万万，不尽相同，但内核总是希望人们从历史和先贤中学习，谨慎思考自己的人生，为成为一个德才兼备的人而努力。而明远楼取名于此，大概也是希望考生能从对鲤鱼跳龙门、对飞黄腾达的忐忑激动的幻想中暂时解放出来，去想想那些更为根本，又更为重要的前人对我们的期望与劝诫。

今时今日，也当如此。

龚之琳，中山大学信息管理学院2018级本科生

文明路钟楼

文明路钟楼旧照

◎ 文明路钟楼简介

钟楼,坐落于今广州市越秀区文明路215号广东省立中山图书馆、原广东高等师范学校校园内,建于清光绪三十一年(1905),因楼顶设立四面时钟而得名。钟楼所在地,曾是清朝时期的广东贡院。1905年,两广总督岑春煊在广东贡院旧址上创建两广速成师范,1906年改为两广优级师范学堂,1912年改名广东高等师范学校。1924年,孙中山在这里创办了中山大学之前身国立广东大学。1927年,鲁迅先生在中山大学担任文学系主任兼教务主任、组织委员会委员时,曾在钟楼工作和居住,并写下了《在钟楼上》等重要文章。1957年,钟楼被建成了鲁迅纪念馆。

文明路钟楼　　刘雨欣　摄

第三种绝色：中山大学钟楼

张家瑜

她似乎一直在那里，当你透过层层绿意看向她时，会被她的深邃打动。我停下来寻找百年来时间在她明黄色的皮肤上留下的斑驳痕迹，或许这里面的某一处痕迹就载着一段不知名的峥嵘。不久前的修补让她焕发出新生婴儿般的光彩，然而历史涤荡出来的气质依旧还在。我望着瑰丽的她，心想，恐怕这便是岁月温柔的馈赠，是岁月给予她的独特与深情。她的动人不似秦始皇兵马俑那般，是一眼看上去就直击心灵的震撼，也不是十里秦淮河畔天然的缱绻风情，而是需要静静地伫立在她面前，凝望她，才能慢慢地感觉到置身于文明之中。

这是位于文明路的中山大学钟楼，正是中山大学校徽最中间的建筑物，同校徽的其他部分构成了"中山大学"的"山"字，构思十分巧妙。我凝视着钟楼，想着我该怎样去描述她。遗憾的是，我对建筑和建筑美学一窍不通，无法从专业的角度欣赏她的美，只能猜想着她外观上的大致形象和细节是否来源于欧洲古典建筑，然后笨拙地去描述她。

钟楼本身其实也像个"山"字，对称结构承托起她的庄严肃静，中间的那一竖便是方柱形的钟楼，底部是拱形圆柱廊，最高处以一个圆顶结束。黄色是钟楼的主基调，再辅以白色，头顶便是湛蓝的天空，不知道风还能不能够送来钟声。事实上，她无声地立在那儿，就足够动人。在广州阳光的照拂下，她明丽得不像一座百年建筑，

● 图1 文明路钟楼　　刘雨欣　摄

树影也通过阳光与微风在她的身上婆娑起舞（图1）。

　　我被这颜色打动了。

　　鲁迅先生的《在钟楼上》提道："倘说中国是一幅画出的不类人间的图，则各省的图样实无不同，差异的只在所用的颜色。黄河以北的几省，是黄色和灰色画的，江浙是淡墨和淡绿，厦门是淡红和灰色，广州是深绿和深红。"这句话让我惊觉每座城市的不同。我在广州生活并没有多久，除了反反复复入不了的冬、饮食偏好和方言，我一直觉得谈不上什么习惯不习惯的。中国南方的城市在我看来大同小异，大多湿热，城市结构、街道也大都相同。但是颜色！颜色！它太不同了。正如鲁迅先生所说，广州的确是深红色和深绿色的，是两种极端颜色的极致碰撞，如同康乐园里砖红色的建筑和她们周围亚热带常绿的树叶，时常带给我说不出的欣喜与感动。其实这样深红与深绿的矛盾的确生硬，但两者相融，也有奇妙的动人之处。我想，这种矛盾的动人之处正在于深红与深绿、康乐园里的红楼和更新换代却永远翠绿的树叶之间并不互相排斥，反而相辅相成，似乎在模糊地象征着什么。两种截然不同的颜色相互撞击与融合，制造出朦胧的美感。而这种朦胧不必挑明，这个时候是最使人动容的。即使是鲁迅先生，也会觉得这样的景色动人吧。

然而文明路的钟楼又不同，她不是深红色，也不是深绿色，她是黄色，但不暗沉，像柔和了的阳光。这样的颜色该属于初夏时节，热闹活泼中又裹挟着几分肃穆的凉意。这样的颜色不同于深红色和深绿色，却也是这座城市的颜色，为这座城市的历史注入几分人间烟火气，使历史看起来不再那么遥远。如果让我在脑海里想出一幢古建筑，必定是棕色的，或深或浅，但一定是棕色的，木头的颜色，而且是在阳光照不到的地方，阴暗潮湿，抬头只能望见惨白的天空，沉甸甸的历史压在它身上，让人难以接近。即使为了发展旅游业，在古建筑上挂满了各式各样的彩灯，却也无法改变它的颜色，反而显得花哨滑稽。

然而在深红色和深绿色之间，钟楼明丽的黄色是第三种绝色。她披着这件黄色的外衣，带着历史特有的厚重感，脚步却轻盈。其实在我看来，颜色本身没有特别的意义，主要是人去感知。例如，有人觉得蓝色代表着忧郁，有人觉得蓝色是治愈的颜色；再或者，有人一看到黄色便联想到色情，有人却觉得黄色是充满希望与活力的颜色。所以，作为我眼中的第三种绝色，不是黄色这个颜色本身，而是钟楼的黄色，而这颜色带给我的感受是过去百年的历史赋予她的，岁月使这一切变得迷人。

钟楼的颜色可以热闹活泼。鲁迅先生的《在钟楼上》写了那时他住在钟楼上的一些感受。例如，最开始听说非主任之流不能住，他便常常感到感激和惭愧——直到知道了一位办事员住了进去；又如，这钟楼是不大能睡觉的——老鼠和外头工人唱的听不懂的歌。我不知道这些问题现在还有没有，稍微想一想，这么多年过去了，钟楼也不再像以前那样住人还有食物了，老鼠大概会搬家，工人应该也不在了。尽管鲁迅先生的本意或许是抱怨几句在钟楼住着的不方便，我却从中品出一种活泼来，连带着钟楼的颜色也被赋予了一种别样的灵动（图2），更具有生活气息，尽管我认为这颜色本身已经足够灵动轻快了。

图2　蓝天下的钟楼，蓝与黄的碰撞　　刘雨欣　摄

　　再谈鲁迅先生住在钟楼上时，也就是20世纪的20年代，正是中国革命如火如荼之时，鲁迅对中山大学学生作开学致辞。鲁迅先生对中国的青少年向来是充满希望的，"愿中国的青年都摆脱冷气，只是向上走"，而他在中山大学开学典礼上所讲的话也一样，谈到孙中山"革命尚未成功，同志还需努力"，对学生们寄寓厚望。我们常常能看到鲁迅先生总是一针见血地批判，其实从他的字里行间，在钟楼写下的这些文字里，也不难感知到他充满希望的炽热内心，真挚地希望中国的青少年都能发一点光、发一点热，靠近他的火柴能够被点燃，在黑暗的年代成为光。

　　从一个方面来说，黄色本身给我以轻快活泼的感觉；从另一个方面来说，鲁迅先生曾经住在这里，在这里写下许多令人感慨的文字，为钟楼刷上了崭新的一层色彩，让她的颜色充满了生活气息，充满了希望，有了独特的历史印记。如今我看着钟楼，她的颜色当真如同真理之光一般，是鲁迅先生笔下的炬火，穿越百年的时空，叫我也有发光发热的渴望。

钟楼的颜色也可以庄严肃穆。在古代的中国，黄色是帝王的颜色，坐拥着万里江山，象征着至高无上的权力，自然是庄严肃穆的。而赋予钟楼的颜色这个意义的是1924年在这里发生的一件大事——国民党"一大"。我了解到，很长一段时间，钟楼一直是因为鲁迅先生而出名，而后，她作为国民党"一大"会址的历史才慢慢被人熟知。我想象着孙中山先生在这座钟楼里召开国民党"一大"，宣布改组国民党，提出"新三民主义"，制定"联俄、联共、扶助农工"三大政策，钟楼里还坐着毛泽东、李大钊等共产党人。我仿佛透过看不真切的历史光影，一下子置身于1924年的冬天。开完这次会，从这座钟楼出去之后，便是国共第一次合作的展开、反帝反封建统一战线的建立，之后是轰轰烈烈的国民大革命，在华夏大地上点燃革命之火。尽管这次国共合作以失败告终，但它的历史意义是深刻的，也让我们见证了孙中山先生与时俱进的伟大之处，而这一切，自钟楼始。我想，钟楼的明黄色在那次历史性的会议里也必然被赋予了新的意义，再加上百年来的历史浸泡，这意义更加深刻，她的庄严肃穆也愈来愈动人。

正如我先前提到的，我对建筑美学一窍不通，但我仍能够感知到钟楼的美，而带给我最大感受的便是她的颜色，不是深红，也不是深绿，是黄色。颜色的意义，也是历史的意义，使钟楼既能热闹活泼，也能庄严肃穆，如同深红色与深绿色，看似矛盾，却奇妙地相互融合。我相信她今后会有更多内涵，也相信百年之后，明黄的钟楼会更加迷人。

我仍旧望着钟楼，阳光下她明丽又灵动，是深红色与深绿色之间的第三种绝色。

张家瑜，中山大学传播与设计学院2019级本科生

医科红楼

◎ 医科红楼简介

中山医学院办公楼,俗称医科红楼,坐落于中山大学广州校区北校园南门内,编号为1号楼。医科红楼于1916年11月25日奠基,由时任广东省省长朱庆澜和两广巡使陆荣廷立石,1918年3月竣工。建成之初,该楼作为当时广东公医医学专门学校的医院用房;1926年用作国立中山大学医学院附属医院留医部;1953年辟作华南医学院行政办公楼;1957年后,开始用作原中山医学院、中山医科大学办公楼。2001年10月26日,中山大学和中山医科大学合并,医科红楼成为中山大学北校园办公楼。

医科红楼旧照

医科红楼今景　佚名　摄

中大北校一号楼
——医科红楼的前世今生

崔秦睿

中山大学广州校区北校园,是中山大学医科所在地。北校园内,有两栋体量较大、具有代表性的老建筑,分别是医科红楼(北校园建筑编号1号)及图书馆楼。来到位于中山二路的北校园,首先看到高耸的医科红楼,中山大学医学教育往昔的点点滴滴,在此一幕幕掠过。

中山大学原名国立广东大学,1924年2月4日,中山先生发布大元帅令:"着将国立高等师范、广东法科大学、广东农业专门学校合并,改为国立广东大学。"中山大学创校之初,校址在广东高等师范学校的文明路校园。1925年7月,广东公立医科大学(校址即今中山大学广州校区北校园)并入国立广东大学,成为国立广东大学医科学院。1953年,中山大学医学院与岭南大学医学院合并成立华南医学院。经过系列发展,1985年6月,称作中山医科大学。2001年10月26日,中山大学与中山医科大学合并,成立新的中山大学。

国立中山大学的办学地址曾经从文明路迁到石牌,1952年又从石牌迁往康乐园。但广州市内的这几次迁址,中山大学医科一直留在现址广州市越秀区中山二路74号。

广东公医学堂从1909年创办时起,就贯穿了民族忧患意识。民国时期,广州的开明士绅就意识到了西医的作用,他们认为培养西医医务人员的任务不应该由外国人来操办,而是应该由中国人开办,教育中国自己的医学生。后来,基于经

● 图1　1918年医科红楼落成时的照片

营管理问题,学校差点被卖给洛克菲勒。这时,以柯麟等进步师生为代表,在中国共产党人的引导下,公医师生开展了保护教育权的斗争并取得胜利,实现将广东公立医科大学并入国立广东大学的目的,保证了学校的教育权掌握在中国人手里。

医科红楼的建设处于第一次世界大战期间,当时的中国整体处于积贫积弱的状态。最初规划中的医科红楼体量相当宏大,分成前座、中座、后座三个部分,前座还有"土库",就是"地下室",或称"负一层"。

按照最初的规划,医科红楼的走廊设在楼内,从大门拾级而上,功能房间排列如下:

前座:从右向左依次为第一留医室、分部事务室、分部事务室、第二留医室。经过编号为甲乙丙丁戊己的六间三三相对的功能用房,即可抵达中座。

中座:从右向左依次为第三留医室、病理检查室、微生物检查室、排泄物检查室、电疗室、会客室、验眼室。从中座继续前行,经过左右两侧花园,便来到了后座。

后座:从右向左依次为女留医所、六间编号为子丑寅卯辰巳的功能用房、女院役住室、男院役住室、另外六间编号为子丑寅卯辰巳的功能用房、男留医所。

从1918年医科红楼落成时的照片(图1)可以看出,当时实际建成的大楼体量不大,只有前座部分。清理场地后,建筑物周围还没有任何植被、绿化、美化。

数年以后,作为中山大学医学院附属第一医院使用时(图2),大

● 图2　医科红楼　刘雨欣　摄

楼四周杂树星罗棋布，从左侧可以看到中座部分；右侧与前座的地下室同一水平线处，隐约可以看到低矮的建筑物及其窗户，显然是其他房舍，而不是与左侧对应的中座右侧部分。

医科红楼首期竣工的为前座，后期续建的是中座左侧部分。前后两期建成面积接近规划面积的一半，宏伟的建设蓝图，则成为永久的遗憾。

新中国成立前，医科红楼是国立中山大学医学院的附属医院，集医疗、教学、科研等于一体。当年，建筑规划时就充分考虑到了红楼兼具医疗、实习、观摩的功能，如手术中心在下层，上面有圆形观摩空间，可以清楚地观看、学习手术过程。新中国成立后，医科红楼逐渐转变功能，成为医科管理用房。

医科红楼与北校园图书馆楼在最初落成时，楼体正面有相同的三角形山墙装饰。区别在于，图书馆楼的山墙两侧是楼柱，医科红楼的

● 图3 作为中山大学医学院附属第一医院使用的医科红楼

山墙两侧是塔楼。医科红楼的两座塔楼之间是阁楼,正立面以悬山顶形制的三角形山墙为饰,山墙上可以看到"品"字形图案。"品"字顶端的那个"口"字,采用了广东公立医科大学的校徽装饰,下方的两个"口"字,则是阁楼的圆形气窗。

20世纪六七十年代,医科红楼塔楼的攒尖顶部分被拆除,改变了原有的西式建筑风格,阁楼被改造成层高较低的第四层,用女墙取代先前的悬山顶山墙。红楼名称改用毛泽东同志手书字体的"中山医学院",甚至一度被有时代印迹的口号匾额所取代,匾额下方的左右两侧还挂上了巨幅对联。将阁楼改造成第四层的做法,满足了当时扩大医学教育规模的需要。后来因承重方面的考虑,于1996年去掉加层,恢复成红楼建设初期的悬山顶形制,并在三角形山墙上镶嵌邓小平同志手书字体的"中山医科大学"校名至今。

医科红楼前奉置着中山先生学医铜像,铜像基座用红色岩石砌成,以增加铜像的巍峨之感,也与后面红墙绿瓦的大楼主体色调相契合。基座前栽种了5棵塔松,营造出肃穆、崇敬的氛围(图3)。这尊铜像曾被撤走过,基座也改成了与两侧台阶处于同一平面的绿化带,隔开左右台阶,起到分流人群和移步换景的效果。

医科红楼塔楼的楼顶为圆形攒尖顶形制，寓意着中山大学医科追求卓越的目标。医科红楼集医疗、科研、教学活动于一体，培养了一批又一批的人才，包括师资班、病理班等，他们中的不少人成为其所在领域的骨干。例如，国立广东大学医科毕业的柯麟，号称"儿科圣手"。革命时期，柯麟所在的达生诊所是中国共产党隐蔽战线的联络点之一。柯麟在悬壶济世的同时，致力于中国革命事业，为中国共产党领导的革命事业屡立奇功。柯麟担任院长的澳门镜湖医院，为中国共产党领导的武装力量输送医疗人才，也给党的一些重要人物提供医疗服务与掩护。战争年代，中山大学医学院支前医疗队不畏艰险，开赴前线，救治伤员，是抗敌御侮的爱国将士健康的坚强后盾；和平时期，医疗岗位是战场，医科人天使般地保障着人民群众的健康。病理检验是西医临床诊断的重要依据，中山大学医科的病理研究在以梁伯强院士为代表的医务人员的努力下，成为有世界影响力的学术阵地。梁伯强院士桃李满天下，培养出了包括杨简在内的多名院士。

新中国成立后，医科红楼由原来的附属医院转变成学校的党政办公大楼，柯麟也成长为中山大学医学院的领导。柯麟善于凝聚师生员工，尤其善于和高级知识分子做朋友，为学校营造出良好的育人环境，一些知名教授也在他的影响下光荣加入中国共产党。柯麟是中山大学医科人心目中无比崇敬的柯老，八十高龄还在担任院长职务。中山大学医科所取得的成绩及其在医学界的地位，与包括柯麟在内的历任医科党政领导，在红楼内夜以继日、呕心沥血的谋划、决策息息相关。

医科红楼整体建筑风格中西结合，地标特点显著。在红楼前留影是不错的选择，许多重要活动，如大型聚会、毕业结业留念、知名教授祝寿留念等，都会选择以医科红楼为背景，留下永恒的瞬间。

今天的医科红楼，以最好的风姿矗立于中山大学广州校区北校园，在中山大学迈向"双一流"大学建设进程中，为医科发展焕发最强劲的动能，继续着新的使命担当。

崔秦睿，中山大学图书馆副研究馆员

医科红楼游记

陈佳兴

去观赏医科红楼,或者说是去看看北校园,或许只是我的一时兴起。之前早已对医科红楼有所耳闻,但据说北校园除了医科红楼,好像没什么可看的了。

作为一名医学生,明明知道再过八九个月,就要搬去北校园,与之朝夕相处,但潜意识里似乎还在逃避这个事实。可是出于对未来生活环境的好奇,我还是抓住了这个想法,在一个11月的晴夜,坐了一个小时的地铁,骑了一小会儿共享单车,来到了坐落于广州市越秀区的北校园。

11月的广州看起来还没怎么被秋风抚摸过,从西伯利亚来的冬季风还没怎么影响着这儿。夏花化作果实,秋穗已然成熟。虽然地上的草遥遥望去,已能看到些许金黄,但天气似乎还是和夏日一样闷热,只是多了些许凉意。月色一日日地变得清素,倾洒在一片旷野上。这样的时光,似乎可以待很久很久。

还未踏入北校园的大门,就远远看到一抹深红掩于一众绿树之内,那估计是中山大学北校园办公楼,也就是医科红楼吧。骑共享单车进入校门之后,抬头望去,在数层阶梯上,有一座孙中山学医纪念铜像竖立在医科红楼前。头顶的苍穹此时也有一些暗红色的感觉。或许是因为阶梯下方两侧明亮的白炽灯吧,位于阶梯中间的铜像略显暗淡,但夜色轻拂,也为它笼罩上了一层柔和的光芒。虽然孙中山先生的雕像遍布全国各地,但青年时期的、留着辫子的雕像我还是第一次见

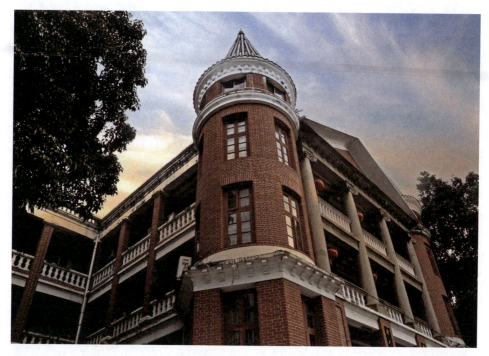

图1 中山医学院办公楼　　刘雨欣　摄

到，而这正是他投身革命之前、学医时的形象。或许当时，孙中山先生在宿舍里挑灯夜读的时候，学累了休息时抬头望出去，透过模糊的玻璃看到的，也是这样的一片夜空吧。

绕了一个大圈，总算在医科红楼旁的一个路牌下停了下来。路牌上以红底白字写着"杏林路"三字，似乎很符合这个地方医学院的身份。停好共享单车后，我走向了医科红楼（图1）。估计是天色已晚，再加上是周末，大门已经关闭了。但这也不妨碍我借着一抹夜色，去欣赏之后要朝夕相处很长一段时间的地方。

我还记得，2019年中山医学院迎新晚会用的宣传片就是在医科红楼拍摄的。多少学子满怀青春的激情和对未来的美好憧憬，选择踏进了学院大门，书写着属于他们的故事。虽说在来观赏医科红楼之前，我偷偷做过一点小功课，但当亲眼看到时，还是惊叹于这座中西结合、带着西式古典主义风格的建筑。两侧红色圆墙带着黛色尖顶，有点像西方城堡中常见的角楼；中间的三层走廊以四根白色罗马柱撑起，似乎有些罗马式建筑的庄重感；同时，屋檐又带着中式建筑的感觉。这栋大楼的造型确实挺独特，不同于一般的西式建筑。和这种中西融和风格的建筑相似，在红楼背后，似乎可以看见这片土地上的先行者们率先引入西方近现代医学教育观念与办学模式的足迹，以及一代代医者在时代的洪流之下，接纳、吸收、兼容着外来的知识，与外界的环境相融合的过程。

走近医科红楼，当我摩挲着一块块红砖时，似乎听得到它听过的风雨声，看得见它看过的落叶飘零，闻得到酢浆草开花的香味。在看尽了一个个白天与黑夜，观察着两侧的灌木丛一次次枯了又荣，见证了一届届医学生在这里的成长和做出的选择之后，它依然矗立在那里，山墙上的"中山医科大学"六个金色大字还是那么闪耀。经历了一个世纪的风雨沧桑之后，若红楼有情，也会感叹于这些变化吧。经不住诱惑，我鬼使神差地走到了大门面前，想象着门后是否有能够穿越到过去的时空隧道。可是，这终究只是幻想。幸好在大门旁，好像有回到过去的"密码"——廊柱上的楹联"医病医身医心，救人救国救世"。无论是抗日战争时期，学生们怀着一腔热血，去划破黑暗、寻找黎明；还是新中国成立之际，庆大霉素的发现；抑或是与"非典"作斗争时，那一个个坚毅的身影……百年下来，时过境迁，历经了多次院系调整后，中山医似乎一直在改变着、发展着，却还是选择一次次用坚强的臂膀托起生命的太阳。或许这就是它的使命吧。

红楼右侧的办公楼简介说医科红楼建有地下室。听闻在地下室有着许多的故事与密藏，可是当时的我，只能望着红楼，想象地下室应有的样子。

之后，我又围着医科红楼走了一会儿，想知道红楼背后的生活是什么样的。当时道路还在施工，走得有些麻烦。在走的过程中，偶然瞥见中山医学院的箴言——"团结，勤奋，求实，创新"，看见红楼旁的芭蕉仍是一片浓绿，还看到学长们在操场上做运动、"压"操场。直到走到一堵围墙前，看到了很有意思的涂鸦。虽然历经岁月，早有青苔长在墙上，使墙体有些灰暗，但似乎可以透过墙面，看到作画者有

图2 医科红楼　曹讚　绘

趣的灵魂。沿原路返回后，我想载兴而归，就找回了之前停在路牌旁的共享单车，围着北校园骑了一圈。希望以后还有这样的心情，简单地骑着自行车，看一下朝夕相处的校园。

天色已晚，望着北校园大门前的车水马龙，我带着北校园的记忆回去了，脸上带着满足的笑容。或许，我也会期待在这个被无数学子景仰的医学圣殿潜心研修，成长为一名能为人解除病痛的医者吧。

秋天的夜晚似乎很长，长得可以去做一个不愿醒来的梦（图2）。

陈佳兴，中山大学中山医学院2019级本科生

中大印象·医科红楼

牛佳辰

中山大学的建筑素来以红砖绿瓦著称,当你步入北校园时,一定要去欣赏的便是那栋历经百年风霜的医科红楼。中山医学院办公楼,俗称医科红楼,这是一个已有100多年历史却依然完整保留的建筑,不仅是广州市现存民国初期建造、体现中西合璧建筑技术、为数不多的具有历史纪念意义的建筑之一,更留下了许多医学工作者和教师们废寝忘食、教书育人的动人身影。

医科红楼(图1)见证了我国早期西医院校在岭南地区的历史沿革和发展,从一个侧面反映出广州作为中国最早对外开放的通商口岸,率先引入西方近现代医学教育观念与办学模式的足迹。

百年历史,三校合并,中山大学医学院的发展同样也反映了中国近代历史的进展。岭南大学医学院的前身,是美国传教士伯驾在广州十三行开设的眼科医局。从最开始的开放通商口岸,到后来的列强入侵,眼科医局发展成为博济医院南华医学校,这里也是孙中山先生学医的地方。或许是历史的机缘巧合,孙中山先生弃医从政,为国为民而担历史重任于肩。百年之后,这所医学院也成为中山大学一道独特的风景。

如果说北校园是中山大学所有医学生的大本营,那么,医科红楼或许就是我们这些医学生心中的信仰所在。"医病医身医心,救人救国救世",这是孙中山先生一生的缩写,更是我们每名医学生心中的大义所在。医科红楼外的这副对联,是

● 图1　医科红楼旧照

我们医学生心中的理想，更是我们前进的动力。

　　历史上，有很多为心中大义而弃医者，如鲁迅、孙中山，但身处和平年代的我们，或许更看中的只是简单的一句"医病医身医心"。

　　哪有什么岁月静好，只是有人在替你负重前行。这个时代，或许医学生便是为你扛起这份安全感的护卫。每一名医学生，当他们大声念出那篇简短却掷地有声的医学生誓言时，便已经在心中种下了一颗种子——他们愿意尽自己毕生所学，去帮助那些需要他们的人，去疗愈那些生病的患者。

　　医科红楼之所以为红色，不仅仅是因为红色代表着喜庆或是庄重，而是它早已成为一种坚忍不拔的革命精神的象征。医科红楼，不仅仅是一代代医学工作者成长的地方，更是一个个美好故事的见证者和记录者。我想，医科红楼的红，也可以是被所有医务工作者的热血

图2 医科红楼今景　　刘雨欣　摄

染成的红。默默付出的医学生们,可以开玩笑般地把它当作自己的小小的纪念碑,在慰藉自己的同时提醒自己、警诫自己,而工作在一线的白衣天使们,或许只能简单地为自己的坚守而感到自豪与快乐。

医科红楼那西式的建筑风格搭配红砖绿瓦的中式传统建筑形制,不仅能给人一种庄严神圣的感觉,更能带给人踏实稳重的信任感。当患者把生命的权利交付于医生手上,这是一份沉甸甸的担子,更是一份责任。虽然这是一群平凡的普通的人,但他们一直在干的却是最不平凡的事情,某种意义上,这也是一种与生命的力量的对抗。

每当看到颇具历史感的医科红楼,我总是能想到那些曾经在这里辛勤工作的前辈们，我喜欢听他们的故事，幻想他们的身影，学习他们的精神。医科红楼是一栋经历过时间冲刷的建筑，更是一段未被遗落在历史中的记忆，它承载了中山大学的医学生太多太多的情感，也寄托了太多太多青年的悬壶济世之心（图2）。

每当我走过中山先生铜像，慢慢地踏上那一段段台阶，走在树荫下的小路上，再远远地看一眼大门两旁的对联，便有一股热血涌上心头。那是一种力量，穿越历史的河流灌入心中，浑身泛起的酥麻感无不在激励着我、鼓舞着我。我幻想着，陈心陶前辈是否在这栋建筑里废寝忘食，也幻想着柯麟前辈曾在这里播撒知识。老建筑总是能给人以慰藉，却也总在激励着人们反思与进步。这是前辈们留下来的东西，是他们的痕迹，更是他们的血汗浇灌出来的果实。无数位闻名于世的医生在这里成长，在这里成才，在这里化作春泥更护花。

医科红楼见证了一代代中山大学医学生的更替，这是一个轮回的过程，在学习中成长，在工作中释放，在教书中反哺；但这也是无数中大人奉献自己、艰难拼搏、辛苦奋斗出来的新故事。每一个时代有属于这个时代的辉煌，红楼见证了历史，当然，它也一直在期待着我们，一个由我们创造出来的、更加美好的新篇章。我相信，无论鼓舞来自何方，我们都将尽己所能、尽毕生所学，为祖国发展、为医学事业而奋斗终生，无怨无愧。

牛佳辰，中山大学医学院2019级本科生

天文台

◎ 天文台简介

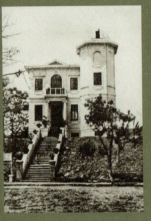

天文台旧照

国立中山大学天文台，是由时任天文系主任、留法博士张云教授提议修建的，于1929年落成，是广东第一座、中国第二座国人自办的天文台，承担着当时全国天文观测和国立中山大学数学天文系教学研究任务。此外，天文台还参与了1930年国际变星观测计划、1933年世界经纬测量等国际天文观测项目，以及广州经纬度的首次确定、航空学校天文学教学等军事和民用项目，对广东、中国乃至全世界的天文学研究都有所贡献。

文明路天文台　　刘姝贤　摄

关于天空的那些故事
——文明路天文台的前世今生

卢铂希

有关天空的那些故事永远深邃，那栋半圆形穹顶的米黄色建筑，就岑寂地隐匿在文明路中山大学旧址的榕树密丛之间。在这喧嚣尘世之中，它的声名比不上不远处那栋巍峨耸立的钟楼，甚至已经由于长久地闲置，而蒙上了失落的风尘。但是，在无边无际的碧落之下的这一方建筑，却似乎仍把自己的身躯对准苍穹，倔强地讲述着那一段前世今生的故事。

它是一座天文台。这个称谓一念出来，总要叫那些怀揣仰望星空理想的文青们有些心惊。可岁月委实磨蚀了它的浪漫，至少是姿容上的浪漫，如今的它，早已布满斑驳的锈迹，脱去了那些光亮的漆彩，只剩下身体上那几个观察孔，仍旧在提示着世人它曾经的功能，它曾经和天空、和宇宙所结下的恒常的联系。

故事，应该从距离天文台不远处的一尊铜像（图1）说起。铜像神情严肃，头望向天穹，右手也指向天空，似乎有什么思索或发现。他叫张云，广东开平人，曾于法国里昂大学留学，学成后毅然归国，曾两度出任中山大学校长。1927

● 图1　天文台前的张云教授铜像　　刘姝贤 摄

年，中山大学的数学系改为数学天文系，标志着中山大学天文系的建成。这是全国第一个天文系，意义非同凡响。

然而，巧妇难为无米之炊。当时的天文系由于缺乏必要的研究仪器，无法开展科研实践，只能教授理论知识，专业研究受到很大限制。张云为此着急不已，便向国民党中央党部递交了筹建天文台的筹划书。但由于当时正值北伐战争之际，政府无暇顾及，他的建议便无法实现。后来，张云更改规划，拟先建立一座相对小型的天文台，在中山大学委员会委员戴季陶、朱家骅等人的支持下，建设方案获得通过，张云也成为天文台的主任。

世间好事总是多磨。在一场场连绵春雨过后，天文台工期延误，过了三个月，方完成了打桩和地窖的建设。不仅如此，总工程师不明原因的突然离世，更是让这座天文台的建设陷入了完全停滞的状态。张云多方辗转，从广东省政府筹到款项 5000 元，才令工程得以继续。正当工程进展顺利之时，波澜再起，由于国立中山大学已经有了建设石牌校园的计划，文明路旧址的天文台建设险被叫停。最终还是张云扛住了所有压力，精打细算，费尽周折，终于在 1929 年冬天让这座命运坎坷的天文台降临世间。

从此，这座天文台成为推动国立中山大学乃至全国天文学研究的重要基点。在天象观测上，天文台所属的白云山气象观测台每天精准地测量着气压、气温、地温等大气信息，并及时、准确、科学地向广州城里的居民提供一天的气象播报。在星象观测上，天文台在《国立中山大学天文台两月刊》发表变星观测达 3048 次，而当时国际上的变星观测多集中于发达国家和较高纬度地区，这些在低纬度地区测得的数据，对补充国际变星研究具有重要意义，也使得我国的变星观测研究一经兴起就走在了世界前列。天文系的师生也充满了干劲，每天起早贪黑地奔波于天文台和白云山之间，不辞辛苦，勤恳踏实，他们是仰望星空、心怀理想的那群人，是真正想举起中国天文学事业开拓火炬的那群人。可以说，天文台早已成为全体天文系师生为科学奋斗的峥嵘岁月的无言见证。1936 年，为了研究需要，天文系陆续迁往石牌新校址，那里的新天文台将呼应文明路旧址天文台的血肉和灵魂，承

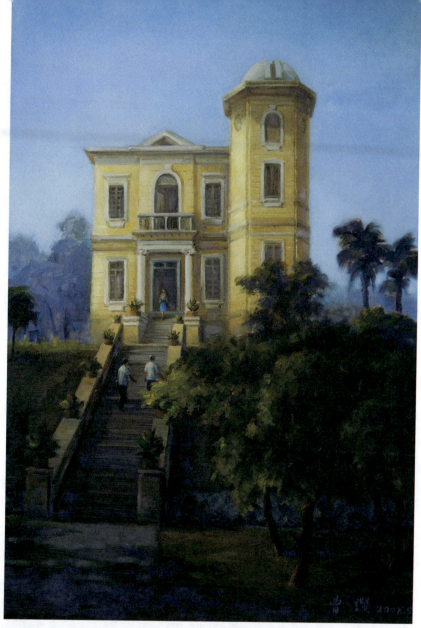

● 图2 天文台　曹讚　绘

续它那连通天空的使命和运途（图2）。

　　当你漫步在天文台四周，触碰到它那有些岁月底色的躯壳，再把耳朵贴到它的身上，留心注目它头顶那高远的天穹，你大概还会领受更多关于这座天文台的宿命。是的，我愿称其为宿命，那是一种和中国其他大学一样，无法避免的在战乱年代流离的宿命。

作为一座天文台,它永远牵系着天空,却又不可能真正弃绝于世、高升向天,脱逃一切地面之事的纷扰。

1937年,抗日战争全面爆发,日军轰炸广州,国立中山大学也成为日军重要的攻击目标,但天文系的广大师生不畏艰险,仍旧坚持科学研究。然而,1938年5月后,日军的轰炸密度明显增大,天文台不得不逐渐停止运作。1938年10月11日,日军在大亚湾登陆,直逼广州,情形更加紧急,天文台不得不着手进行仪器物资的抢运转移工作。21日,广州沦陷,天文台工作人员悉数撤出,张云亦不得不离开朝夕相伴的天文台。他后来是这么回忆起这段漂泊动荡的日子的:"回顾广州,已在红烟惨焰自焚中,而敌机随船低飞,盘旋头上,轰炸灭顶之危,不绝如缕。"

最终,25箱天文台器械仅抢救出23箱,有2箱由于太过沉重而不得不被放弃,天文台随国立中山大学沿西江溯流而上,先迁到广东罗定,不久,又经过两个半月的长途跋涉,于1939年3月抵达云南澄江。在澄江安定三年后,又随国立中山大学本部迁移到粤北坪石。在坪石办学期间,情势相对稳定,天文台的工作得到一定程度的恢复和发展。可惜好景不长,由于坪石位于粤汉铁路沿线,地理位置关键,因此再次遭到了日机的重点轰炸。天文台只好随学校本部再一次踏上迁徙的征程,好不容易恢复的科研活动也再次中断。

随着抗日战争的胜利,天文台终于摆脱了颠沛流离的命运,于1946年春,重新迁回石牌校园,与之一同回归的,还有那一箱箱饱受战火磨难的天文器械。此时的张云担任国民政府教育部特派员,负责战后沦陷区的教育接收。但当他想重新聘用天文台的专家时,却发现那些曾经的师友都已失去联系,不知下落。

1952年,全国高等学校院系调整,中山大学天文系的师生、员工和仪器一并调整进南京大学。中山大学天文系作为完整学科建制的历史,在此暂时画上了句点。

如今,文明路上的这座天文台安静伫立着,似乎在回望那些纷乱动荡的岁月,又似乎在诉说自己终于湮没于历史洪流的唏嘘。在晚风的低吟中,抑或在日光的照耀下,它一面歌咏那些辉煌的年月,一面

● 图3 天文台　　刘姝贤　摄

又独自守望天空，慨叹垂老无用的命数。

　　但历史没有把它遗忘。2015年9月16日，中山大学决定建立物理与天文学院，重新恢复天文系学科建制的传统，"天琴计划"建设工程也相应启动，并取得重大进展。那些属于天空的故事，终于被重新承继、重新谱写；那些和天空建立的美好的联结，终于被更多朝向天空的天文台重新唤醒。

　　而文明路上的天文台依旧沧桑伫立。时光流转，它只在那一方小小的土地上驻足，提示人们，不要忘却那些有关天空的深邃的故事，那些飘荡着的历史的运途（图3）。

　　　　卢钿希，中山大学中国语言文学系（珠海）2018级本科生

中大红楼：天文台

旦增仁珍

一砖一瓦，一草一木，中山大学近百年的风尘在一座座古老的砖瓦构建的红楼间细细沉淀。寒来暑往，千年的光阴穿梭流转，时代在熙攘间更迭，唯有红楼跨越风雨，静立于此。

文明路天文台，便是中大红楼群体中的一个重要元素。天文台由留法天文学博士张云教授提议修建，始建于1927年2月，落成于1929年，位于广州市越秀中路125号大院内，是仅次于上海徐家汇天文台的中国第二座天文台，比1934年落成的南京紫金山天文台还早五年面世。这座中国人自主建设的第一座天文台，已然成为中国近代天文学史上的重要研究机构之一。

依山而建的天文台共三层，主体建筑地面两层，地下还有一层，门前建有一对仿爱奥尼式柱支撑的门廊。主体建筑东侧建有折式楼梯，可直达高三层、平面呈八角形的天文观测工作室；楼梯原来圆形的房顶已经改建成平顶，并加建了楼层。整栋建筑小巧精致，如果不说是天文台，想必路人都会以为这是一座掩映在葱茏树木中的精致别墅（图1）。

在天文台下方，矗立着一座雕像，那便是这座天文台的创始人——中山大学数学天文系教授、天文台首任主任张云。张云是广东开平人，毕业于武昌高等师范学校数理部。1921年，张云公费赴法国里昂大学留学，1926年获得天文学博士学位，受聘来到刚创办不久的国立中山大学任教。来到中山大学后，张云积极倡导建设天文

○ 图1　绿树环绕的天文台　　刘姝贤　摄

台，在校方和广东省政府的支持下，终于实现梦想，建成了这座中国人自主建设的第一座现代天文台。

时间回到1926年，在受聘为天文学教授之后，张云开始着手准备筹办天文学系的事宜。在筹备过程中，张云意识到国立中山大学乃至中国本土在天文台与天文器材上的缺乏——这对天文学的教学与科研都极为不利。张云认为："此种学科不能徒攻理论而无实习，且测量地方上之经纬度数、标准时刻及气象变化等，均为目前所需。"因而，张云在着手建设天文学系的同时，也加紧筹划建设天文台。

张云最初的设想是在当时的广州建立一座大规模的国立天文台。这一构想得到了时任国立中山大学校长戴季陶、副校长朱家骅以及中山大学委员会委员丁惟汾等人的支持。

1926年12月，在数学天文系设立后，张云向国民党中央党部上呈了筹建国立天文台的建议书与预算计划。但遗憾的是，由于当时的国民政府疲于北伐，并很快北迁，筹建国立天文台的计划并未实现。

碰壁之后，张云决定更改相应的建设计划，减少开支，先在国立中山大学筹办一座小型的天文台。学校方面十分支持天文台的建设。很快，张云从学校经费中筹得首批建设资金，并在国立中山大学所在的一个垃圾岗上得到了建设用地。

1927年2月，春雨连绵，工期延误，打桩及地窖部分的建筑工期便花了三个月时间；而后，总工程师的猝然长逝使得工程停滞。为筹集经费复工，彼时的国立中山大学成功求得广东省政府的援助。新聘的工程师认为原基址不合理，在拔出桩础后，又以地基不可用为由离去，工程再次停了下来。

幸而在广东省政府的再次援助下，天文台建设项目重新复工。但好景不长，由于1927年12月的一场火灾，带来员工哄散、工期停滞的恶果，建设经费也随之损耗殆尽。

1928年2月，在政府要员的支持下，天文台工地再次复工，建设也十分顺利，预计当年7月就能完工。但国立中山大学此时已有在石牌建设新校园的计划，文明路旧址的天文台建设险些被叫停。张云顶住压力，精打细算，以极其有限的经费于1929年冬将这座命途多舛的天文台建成；经过半年时间购买、安装仪器设备，1930年6月29日，国立中山大学天文台举行了开幕典礼。张云任天文台主任，这座安于岭南的"国人唯一自办天文台"终于正式成立。

"无继"的"天学"在这位年轻人的手里重新焕发了生命的神采，并随着岁月的流逝，在这座中国高等学府里延续着如星河般连绵的血脉。

文明路天文台除供教学、科研使用外，还努力为社会服务，广州经纬度的首次确定、航空学校天文学的教学等，都由国立中山大学派员完成。1933年世界经纬测量，1936年到苏联、日本进行日全食观测，中国派出的就是国立中山大学的学者和技术人员。天文台也为我国培养了大批天文人才，邹仪新、叶叔华就是他们中的杰出代表。邹仪新是张云教授亲自培养的我国第一位女天文学家。

1952年全国高等学校院系调整，当时中国高校中唯一的天文台中山大学天文台的全体员工及仪器设备，以及中山大学数学天文系的全

◉ 图2　天文台的八角小楼　　刘姝贤　摄

体师生,都调整进南京大学。中山大学天文学学科建设由此中断。

2013年12月28日,中山大学天文与空间科学研究院在珠海校区正式宣布揭牌成立,中国科学院理论物理研究所研究员、博士生导师李淼被中山大学引进担任研究院院长。这是跨越61年后,中山大学复办天文学科的历史时刻。

如今,文明路天文台旧址已被认定为广东省重点保护文物单位,目前,广东科技报社驻扎于此。

曾经,由于年久失修,文明路天文台墙皮剥落,阳台锈迹斑斑,窗台几近崩塌。破损不堪的正门台阶之外杂草丛生,建筑物内废品充盈。有关部门采纳天文台周围居民提出的维修建议,经多方考虑研究,决定寻找有资质的文物维修单位进行维修。现今的文明路天文台,原先看不太清楚的"广东省重点文物保护单位　天文台　一九八五年十月二十七日立"字样已换成醒目的标牌,天文台简介也挂在醒目的位置,杂草被花草替代,树木修剪整齐,原先破旧不堪的天文台已经焕然一新(图2)。

当我回望过去，让思绪飘回1930年的国立中山大学：也许，在某个酷热难耐的夏日夜晚，一群汗流浃背的年轻人正聚集在一个小屋中，紧张而欣喜地往一架巨大的金属长筒里张望着、渴求着。近百年后的我们，已经永远无法确切地知晓他们看到了什么，但我们可以猜测，可以沿着历史的遗迹追溯——那应该是一片浩瀚的星空，漫天的星光穿越镜片，穿越天文家的眼睛，穿越将近一个世纪的时间，到达我们所处的时代。

多年后，当他们抬起惆怅的脸庞，在"时代发展得太快"的感怀之中，又会有多少青葱的回忆在眼底划过呢？

80多年前的早期中大天文人，正是在那方星空之下的红楼屋顶守望苍穹河汉、浩渺星辰，注意天琴座的变幻，接收来自天狼星的讯息。时至今日，那方小小的屋顶，仍承载着那一代学人在山河破碎之时以天文研究屹立于世界民族之林的强国之梦。

中大红楼为君候，闲趁霜晴试一游。

愿以红筏邀君来，共结良缘聚此楼。

旦增仁珍，中山大学护理学院2019级本科生

后记：红楼梦里说红楼

李庆双

> 红墙绿瓦的故事，
> 芳草连天的气息，
> 串联起中大人共同的美好记忆。

红墙绿瓦、中西合璧的红楼是中山大学的地标和精神家园，不断被中大人书写和讴歌。《印象·中大红楼》面世后，已成为中山大学校园文化的畅销书和长销书，长期居于中山大学校园书店售书柜的中央位置。在中山大学出版社为中山大学95周年校庆向校友发送的"校庆书单"上，只有两本书荣获"人气商品"称号，分别是排在前两位的《印象·中大草木》和《印象·中大红楼》。中山大学广州校区东校园图书馆和信息管理学院联合举办过《印象·中大红楼》推介活动。学校紫荆在线教育有限公司还专门录制了由我主讲的《印象·中大红楼》视频节目，岭南人杂志社举办过《印象·中大红楼》诗文诵读活动，我也常被校园书店约请为《印象·中大红楼》售书签名。

尽管《印象·中大红楼》受到读者如此青睐，但我内心还留有遗憾，因为还有很多中大红楼未被写入该书。为弥补缺憾，所以又编写了这本《印象·中大红楼剪影》，希望有更多的红楼故事走入读者视野，也期望作为姊妹书的这本红楼书同样获得读者的喜爱（图1）。

为更好地推介这本书，我特别邀请中山大学原副校长、历史系张荣芳教授为《印象·中大红

● 图1　李庆双于西北区513栋红楼（现为中山大学档案馆用房）中留影　　崔秦睿　摄

楼剪影》作序。张荣芳教授是研究先秦史、秦汉史的著名历史学家，出版了《秦汉史论集》《南越国史》等著作。张荣芳教授不但精于历史研究，对校园文化也颇为倾心，先后写过《紫荆礼赞》《景仰名人故居，热爱康乐芳草》《瞻仰陈心陶故居》等散文。《紫荆礼赞》和《景仰名人故居，热爱康乐芳草》被收录在2019年出版的《印象·中大草木》中，《瞻仰陈心陶故居》被编入《印象·中大红楼剪影》中。在2015年校友日学位成礼仪式上，张荣芳教授以"景仰名人故居，热爱康乐芳草"为题作了演讲，他说："中山大学在90多年的办学历史过程中，有无数名人在这里驻足、讲学，他们睿智的思想、丰富的人类创造的文化知识，积淀了我们校园深厚的文化底蕴。中山大学的名人故居，就是矗立在校园里让后人景仰、学习的一座座历史文化丰碑。"正因为张荣芳教授对校园文化的热爱,所以我请他为本书作序也是顺理成章的事。令我意想不到和十分感动的是,张荣芳教授为写这篇5000字左右的长文,颇下功力,不仅翻看了我主编的几本校园文化书籍,认真研读了《印象·中大红楼剪影》书稿,还参阅其他高校的校园文化书籍进行比对,真正体现了一位学者严谨、认真和求实的工作态度。在这篇《让校园文化在立德树人教育中发挥作用》中,张荣芳教授以很高的立意,充分肯定了校园文化在立德树人教育中的重要作用,对我也给予了很高的评价。我愧不敢当,只是因为热爱校园文化,才力所能及地主编了几本校园文化书籍,承蒙师生和校友厚爱,也算作了点贡献。在非常感谢张荣芳教授倾力作序的同时,也特别感谢张荣芳教授的夫人黄曼宜老师赠送给我的《红楼叠翠——献给中山大学95周年校庆》DVD,让我对中山大学的红楼文化有了更为生动的感知。

非常感谢中山大学档案馆姚明基副馆长对中大红楼文化所作的重要贡献。姚明基副馆长是中大子弟,生于斯长于斯,对校园文化和红楼十分了解和热爱。他自己开了一个"康乐唠叨"的公众号,写了很多关于红楼掌故的文章,读来十分生动,令人受益匪浅。《印象·中大红楼》和《印象·中大红楼剪影》都收录了他的很多文章,大大丰富了书的内容。还要感谢姚明基副馆长推荐了笔名为"怡然春秋"女士的一篇红楼长文。该女士低调自谦,不肯用真名示人,我也尊重她的意愿,就用"怡然春秋"这诗意的笔名来发表她的文章。这篇红楼长文按校园区划全景式地描绘了康乐园几乎所有的红楼,甚至可以单独成书,而且融入了她在校园里学习的真实场景和生活体验,读来引人入胜,这也是该文的独特之处和我坚持收入本书的理由。

很感谢陈长安老师带领学生团队所写的几篇红楼文章。陈长安老师对校园文化十分热爱和关注,在2018—2019学年第一学期给学生开设了通识课"中大精神文献选读"。这几位学生写的红楼文章就是这门课的课程论文。陈老师很希望把这几篇学生论文收入本书并正式发表。尽管用论文形式和我之前所要求的用文学样式写红楼有较大差异,但我还是决定予以采用,这也体现了兼容并包的大学文化和精神吧。事实上，这也起到了很好的效果，正如张荣芳教授在序中所言："如果说前书(《印象·中大红楼》)主要用散文、随笔、诗歌的文学形式来宣传、介绍红楼，那么这本书则带有研究性质，把一些问题、概念提高到理论层面来论述、探索，而且更多地阐述红楼蕴含的中山精神、民族精神、爱国精神等人文意蕴。"

十分感谢居住在广州南沙的陈志敏先生，他喜好文学，长于笔墨，曾居中山大学康乐园，对红楼情有独钟，于是应我之邀，笔走龙蛇地写了一篇文采飞扬的红楼散文《花开时节又逢春》。这篇散文先后被《南沙文学》《南沙新区报》《散文精选大全》等文学刊物转载。因志敏先生之故，我又意外结识了广东工业大学的刘洪伟老师。巧的是，刘洪伟老师和中山大学信息管理学院陈永生老师同是中山大学1979级同学，他也是历史系刘志伟老师的弟弟。我也曾在历史系读研，虽然当时和几位历史系老师没有直接交集，也算是有历史渊源。刘洪伟老师在参加1979级入学40周年活动时，专门画了四幅康乐园的水彩画。这四幅画色彩明丽，有梦幻之感，被我不胜欢喜地收入本书中。

谈及画作，要特别感谢曹讃先生。据我了解，曹讃先生该是系统画中大红楼和相关建筑的第一人，先后出版了《文明昔采：清代广东贡院　民国中山大学建筑风景油画集》《红墙碧瓦蔚国光：民国中山大学石牌校区建筑风景油画集》《澄江坪石　山高水长：抗日战争时期中山大学建筑风景油画集》《康乐绿叶掩红楼：中山大学南校区历史建筑风景油画集》。曹讃先生用油画的写实表达方式，来表现中山大学各个历史时期的建筑风格，着重表达建筑物的整体外观结构，用不同色调来营造不同的画面气氛，使画面色彩更加丰富、更具吸引力，从而达到建筑物与校园的自然风景融为一体的画面效果。我很喜欢曹讃先生的画风和画作，所以选用了几幅红楼作品放入书中，既可做到图文并茂，也能让更多的人来欣赏曹讃先生的佳作。

如何选封面图，也是令我颇费思量的事。最后还是选用学院林俊洪书记拍摄的一张信息管理学院红楼背景照片（图2）作为封面素材，这既是为了宣传学院，也可借机展示下中山大学不同校区红楼的特

◉ 图2　信息管理学院办公楼　　林俊洪　摄

点,尽管新校区红楼缺乏历史传统和人文气息。林书记爱好摄影,自学成才,拍摄了许多佳作,之前出版的书中也选用了他的作品,在此深表感谢。

"有问题,找老崔",是我对中山大学档案馆崔秦睿老师特有的定位。我们相识已久,同住一小区,是编书的最佳合作伙伴,之前已联手编写了几本校园文化书籍。我戏称崔老师是"活档案"和"百事通",但凡有工作和生活中的问题和难事,找到崔老师,总能得到有效解决。编写这本书,同样得到了崔老师的很多指点和帮助,他也为本书写了一篇文章。对崔老师的感谢之情,难以言表,深埋于心。

要重点感谢我指导的岭南人杂志社学生团队。为了更好地发挥岭南人杂志社的文学作用,做到"以文育人""以文化人",我多年来一直指导社员编写校园文化书籍,他们先后参与编写了《印象·中大红楼》《印象·中大草木》《雕塑上的中山大学》和这本《印象·中大红楼剪影》,为校园文化建设作出了重要贡献。感谢刘姝贤同学,作为岭南人杂志社前任社长和《印象·中大红楼剪影》的主编之一,为本书的编写所作的辛勤工作。

  我和中山大学出版社的编辑赵婷和美编林绵华两位老师合作多年,一直相互信赖和支持,对她们卓有成效的工作,我深表谢意和敬意。也非常感谢出版社领导、学院领导和同事对我工作的关心与支持。感谢所有关心和热爱中大红楼的校内外读者。一本书的错漏和不完善之处在所难免,希望读者能理解和包容,也敬请批评指正,以便今后改进和完善。愿这本红楼书籍带给大家新的感受,让我们共同在红楼梦里说红楼。

2021 年 7 月 12 日写于东校园信息管理学院